奴隷に鍛えられる異世界生活

OTHERWORLD BY A SLAVE

路地裏の茶屋

ILLUST. 東上文

TOブックス

目次

contents

イラスト◆東上文
デザイン◆coil

第一章

牢屋編

奴隷と蜘蛛と救われた夜

「ふぅ、終わったなぁ」

寒稽古ってわけではないが、寒い日の朝に道場を掃除するのはやっぱり身が引き締まる。これが最後になると思うと感慨深い。結局才能の無い僕では身につかないものではあったが、スポーツとして武道は大好きだった。名札掛けから自分の名札を外して最後に一礼。

「ありがとうございました」

一人だけの朝稽古を終えた。

さぁ、最後の登校だ。家に戻って準備をする。教科書はもういらないな、好きな作家の本数冊とゲームを数本鞄に詰める。ポストは督促状で詰まっている。取り出すことはもうないだろう。

結構余裕をもって到着。さてホームルームが始まる前に用事をすませるとしよう。数少ない友人の葉月悟志《はづきさとし》はもう教室にいた。

「おっす、悟志」

「あ？　真也《しんや》か、昨日の魔装少女見た？　作画の落差がやばくて笑ったわ」

「見てない。忙しくてな。実は祖父が死んで家と道場が売られることになった。もうこの学校にはいられないいんだよ」

「は？　マジ？」

「マジ、今日で最後だ」

うわ、怒ってる。オタクの癖にガタイが良くて妙に目つき悪くて怖いんだよなぁ。

「……なんで黙ってた？」

「いろいろありすぎて僕もパニックになってた」

ちなみにとんでもない額の借金あります……とか言えないよなぁ。言ってもどうにもならないし。

悟志に余計な心配をかけたくなかった。

「というわけで頼みがある。秘蔵のお宝全部やるから飼育委員代わってくれ。責任感のないやつにウサミを任せたくない」

子ウサギのころから面倒を見ていた学校の兎の世話を頼み、鞄から紙袋に入れた飼育ノートと、DVDだのエロゲームだのエロ本だのを無理やり押し付けた。高校生の身でこれらのお宝を手に入れるのは相当に大変だったもんだ。

「別にこんなの無くてもやるからさ、あとで家寄れよ。俺のお宝やるから交換な。それで転校するのか？　お前親いないだろ、施設とかか？」

僕の両親は物心つく前には蒸発して、唯一の家族は祖父だけだった。そのことが原因で中々友達をつくれなかったが、たまたま席が隣というだけで友達になってくれた悟志のおかげで寂しい思いはしなかった。おかげで普通に友達も何人かつくることができたし、感謝してもしきれない。

「そのへんもわからん。あと今日は用事あるから、家行くのは無理だ。本当に、いままでありがとう」

「なんだそりゃ。お前スマホも持ってないんだから連絡先教えろよ。俺はお前のこと結構大事な友達だと思ってんだ」

「はっはっは気持ち悪いな。いや、ありがとう。本当にありがとう。おっと、騒がしいのがやってきたな。また後で」

「まてよ、真也。お前……顔が真っ青だぞ」

「……ごめんな、ありがとう」

スクールカースト上位のイケメン達がやってきたのを理由に離れながら心の中で頭を下げた。多分もう会うことはない大事な友人に。

いつも通りの授業を終え放課後になる。心配して追って来る悟志をまいて、荷物をロッカーから取り出した。

向かう先はもう一人の親しい友人の元だ。図書室にいくと美少女の図書委員がいる。そんな高校に通えた奴は幸せだ。つまり僕は幸せな人間だということだ。

黒髪ロングでちょっと信じられないくらいに整った顔をしているにもかかわらず、コロコロ変わる表情と、本を読むときの真剣な表情のギャップが素敵な彼女を一目見るために図書室に通う男子は多い。まぁ、僕もそんな一人なわけで、いや別に好きというわけじゃなくてアイドルを見るというか可愛い動物を見る心理に近いというか、僕はいったい何に言い訳してるんだ。

とにかくムッツリを自負する僕にとって桜木《さくらぎ》叶《かなえ》という存在はこの学校における大事な存在で、向こうはそう思ってないだろうがまぁ数少ない親しい友人だったりする。

「お疲れ、今大丈夫？」

ちなみにこの一言をいうだけでかなり緊張してたりする。女子と話すのはなれないなぁ、男子ともあまり話さないが。貸出を管理しているパソコンを見ていた桜木さんが此方を見ると、パッと表情が明るくなる。この笑顔にノックアウトされた男子は割とマジで後を絶たない。

「あー、吉井《よしい》君。延滞が溜まってるよ。谷崎潤一郎の全集とあと他数冊」

「大きな声で谷崎潤一郎の本借りてること暴露しないでよ、ちゃんと返すから‼」

僕にフェティシズムという概念を教えてくださった谷崎大先生には頭が上がりません。あの世で酒でも酌み交わしたいものです。

とりあえず借りていた本全部と紙袋を取り出す。中身を確認しとこう、悟志に渡したやつと間違えてたら社会的にも死んでしまう。袋の底には、自分が持っている中で一番価値のある本も入っている。桜木さんならこの本を大事にしてくれるだろう。

「ほい。これで、借りてた本全部。あと桜木さんが読みたいって言ってた妖怪図鑑と都市伝説オカルト本」

本を延滞しまくってたら名前を覚えられて、話をしてみるとかなりオカルト好きという点で趣味があい、放課後の図書室でボードゲームを一緒にしたりもしていた。僕の人生において可愛い女子と話ができるという貴重な経験をくれた彼女にお礼がしたかった。

「わぁ～珍しいこともあるのね。吉井君が全部本を返すとか明日は槍が降るわね。あっ、この本読みたかったんだー。最近また八尺様とか猿夢とか都市伝説盛り上がってるからね。コンビニ本もいいけどきっちりまとめてる本が読みやすくて好きなの、やっぱりわかってるね」

「あーわかる。コンビニ本はまた別枠の良さだからな。ところで僕今日で学校辞めるから。いままでありがとう。その本は差し上げます」

なるべく軽い調子で言ったつもりだったが、喉がカラカラで少し声が震えてしまった。

桜木さんはその場で完全に停止していた。みるみるうちに顔色が青くなっていく。いやホント表情が変わる子だなぁ。

「な、なんでっ⁉　そんな話聞いてないよ」

「そりゃ言ってないし。いろいろあってここを離れることになってね。転校とかすると思う」

転校なんかする予定もないが、話を打ち切りたくて適当な嘘を吐く。これ以上話していると、抑えていたものが出てきそうになるから。

その後は連絡先教えろとかどこの学校行くの？　とか予想外にいろいろ聞かれて少し嬉しかったけど適当なところでまた教えるといって彼女の前から逃げるように図書室を後にした。

部活動の喧噪を、どこか遠くに聞きながら走って下駄箱で靴を履き替える。

学校から出てホームセンターに寄って最後のお金でロープを買った。あらかじめ学校のパソコンで結び方を調べてプリントアウトしてる。

なんの資料かっていうと、まぁ、首を吊るためのものです。

ロープを入れた袋を持って田んぼを突っ切り山を目指す。

数カ月前、唯一の家族だった祖父が亡くなった。信じられないほどあっさりと現実感無く死んでしまった。両親はいなかったけれど、祖父がいたから僕は寂しくなかった。合気道の道場を開いていた祖父は道場では厳しかったが、それ以外では気さくな人で、庭いじりが趣味の人だった。いつか、恩返しがしたいと思っていたら嘘のようにいなくなり、僕は一人になった。それでも祖父の道場は守りたかったし、一人で生きていこうとも考えた。

祖父が亡くなり、細々した手続きをすませた一週間後。スーツを来た大人が三人ほど訪れた。何を言っているのかほとんど理解できなかったが、両親がのこした借金の為に道場を差し押さえられるらしい。家からも出て行くことになるからと、施設を紹介された。パンフレットを渡され、たちすくむ。足先から感覚が消えていき、フワフワと浮いているような感覚がした後、盛大に吐いた。思い出の詰まった家も道場もなくなる。一人になって思い出すら守れない。

祖父が死に、家族がいなくなり。さらに両親がつくった借金の返済ができず。正直もう生きているのが苦しくなったのだ。相談する気力もわかず漠然とした不安に押しつぶされそうになって、死のうと考えると全てが軽くなって、そこからやっぱり止めるという思考まで盛り返せなかった。ふわふわと浮いているような感じだ。

ロープを入れた袋を持ち、適当にブラブラして山に入る。枝の太い木にロープを結び付けて、そのまま首にかけ目を閉じる。震えを抑えて僕は飛び降りた。死んだら爺ちゃんに会えるかな？

途端に浮遊感と耳鳴りが身体を襲う。首に衝撃がないことに疑問を持った瞬間ドサリと地面に落下した。

飛び立つ衝撃で枝が折れたか、ロープの結び方を間違えたか。酷い冷や汗と動悸を感じながら、自分の間抜けさに頭を抱える。

最後までしまらないと汗を拭い目を開けると、金色と赤色が目に痛いやけに明るい部屋の中で見るからに魔法陣らしい文様の上にいた。

あの世、というわけではなさそうだ。

これはもしかするとあれだ、何度か妄想したこともある。

周りを見渡すと、やせ形のローブをきた魔法使いであろう人間が数人と目の前に目もくらむような美少女。

……ではなくでっぷりと太った男がコロ○ビアとでも言いそうなガッツポーズをしていた。

「いやそこは美少女だろ！」

それが、転移した僕の異世界での第一声だった。

◆◆◆

思わず叫んでしまったが、落ち着いて耳鳴りが治まってくると声が聞こえてくる。

「やったぞ、これで家の面目が立つ！　なにをしている、すぐに鑑定紙を持ってこい一番いいやつだ！　それと伯爵にも連絡だ。転移者支援のための援助を訴えろ！　今すぐにだ！」

とりあえず日本語で助かった。露骨に異世界だけどどういう状況だろうか、魔王がいるから勇者になれとでも言われるのだろうか？　まだボンヤリする頭でそんなことを思考していると、おそらく僕を呼び出したであろう大変に恰幅のよい、平たく言えばデブで禿げ上がった頭に、金髪が申し訳なさそうにチョロンと乗っている男が仰々しく礼をしてきた。

「お初にお目にかかります。私はオークデン・グランデ・アグーと申します。子爵の位をモント王より頂戴しております」

「はぁ、えっと吉井真也です。それでここはいったいどこで、どういう状況でしょうか？」

子爵ってどのくらい偉いんだっけ？　男爵より上だっけ？

「ここはラポーネ国のコスタ伯爵領にある私の屋敷です。そしてあなたはこの国の英雄となるべき存在として呼ばれた転移者の一人ですな。今この国は危機に瀕しております。活発化するダンジョンにモンスター、侵略を企む他国の存在、それに対抗するために大いなる神の力を使い呼び出したのが貴方たち転移者となります」

肉が乗った顔をわかりやすく歪ませるアグーさん。

パニックになりそうだけど、現実感が無くて逆に冷静だ。僕以外にも【転移者】とやらはいるのか。

「まぁ、言わんとしていることはわかりました。とりあえずいくつか質問をしてもよろしいでしょうか？」

大体テンプレートだけど（いまだヒロインがでないこと以外）チートがあるのかどうか、言葉は通じるけど文字は読めるのか、その英雄ってのは転移者でなければならないのか、帰り方はあるのか、転移者って複数いるっぽい説明だったけど具体的にはどのくらいなのか、どういう基準で呼ばれているのか、大体そのあたりのことを聞いてみると。

「大いなる神の力で転移者様は言葉と文字を読むことができます。それと転移者の力については、おお、私としたことが、まずはヨシイ様の能力を確認しましょう。転移者には特別なクラスが確定でついており、さらに凄まじい速度で成長し、成長した転移者は一つの軍隊に例えられるほどであります。ヨシイ様にも特別な力があることでしょう、もしかしたら勇者のクラスを持っているかもしれません」

アグーさんはソワソワと体を揺らしローブの男が持ってきた羊皮紙？　の巻物を渡した。見た目よりも詰まっている感じがして重たく丈夫そうな紙だ。

「それは最高級の鑑定紙であります。ヨシイ様に差し上げましょう。当家ではさらに様々な装備や珍しい道具を取り揃えております。さぁヨシイ様ご自身を鑑定なさってください」

「あの……すいません、どうやって？」

「おおぅ、すみませんな。転移者様は鑑定紙を使われるのは初めてでしたか、まず広げて魔力を通していただいて、そのあと対象を指定して『鑑定』と言うか念じるだけで鑑定できますな」

いきなり魔力とかいう単語が飛び出るあたり流石異世界だな、とりあえず魔力魔力と念じてみると手からモヤモヤした熱のようなものが染みだして紙に染み渡っていった。

「ええっと、対象を僕にして『鑑定』」

するとと文字がジワっと染みだしてきた。

名前：吉井　真也　（よしい　しんや）

性別：男性　年齢：16
クラス▼
【拳士ＬＶ．１】
【愚道者ＬＶ．１】
スキル▼
【拳士】▼
【拳骨ＬＶ．１】【掴むＬＶ．１】【ふんばりＬＶ．１】
【愚道者】▼
【全武器装備不可ＬＶ．１００】【耐性経験値増加ＬＶ．１】【クラス経験値増加ＬＶ．１】

ここに来る前、趣味程度に武道をしていたからか、ゲームでいうところのモンクみたいな格闘職っぽいクラスだな。

『拳士』はよしとして、それで問題はこの『愚道者』だよなぁ。

耐性系のスキルは優秀だし経験値増加も良い、だけど武器装備不可って大丈夫なのか？　クラスとスキルについても説明が欲しいな。ハハッ、ゲームらしく現実感がないや。

「あの、ヨシイ様？　結果を見せてもらってよろしいですかな、それによって当家の支援するものが変わりますので、もし勇者のクラスがあるのであれば最高の剣を用意しましょうぞ」

そう言ってアグーさんがすりよってきて少し気持ち悪かったので、鑑定紙を見せる。

「当家としては賢者や聖者というのもありなのですが……拳士？　まさか⁉　武器を買えない町のチンピラがなるという職業ではないか‼　それに、愚道者だと、転移者の職業でそんなもの聞いたことないぞ‼　どういうことだ‼」

いやどういうことと言われても。そこからの流れは見るに堪えないので省略して話そう。

まず僕がした他の質問は全部スルーされた。そして召喚の責任者であろう魔術士（召喚士というクラスがあればそっちかもしれない）が呼ばれ、散々怒鳴りつけられていた。

聞こえた限りでわかりやすく説明すると、【クラス】というのはゲームなどでよくあるキャラクタークラス、いわゆる能力的特性を示すものらしい。【スキル】はクラスに付随する技のようなものだと思う。

この世界で生まれた人間は通常、ある程度クラスは選べるようだ。生まれ持っての素質もあるが、後天的に修行することで新しいクラスは習得できるらしい。

付け替えも可能で、例えば『剣士』を選んだ後にやっぱりやめて『狩人』のクラスになるというのはできるらしい。しかし、僕ら転生者はもともとついていたクラスを替えることができない。

そのかわり通常だと一つしか選べないはずのクラスが二つあり、そのうちの一つが特別なクラスであるとのこと。

……そして僕の『愚道者』がその特別なクラスなわけだが。

必死にアグーさんに弁明している僕を召喚した人が見る限り、望まれたクラスではないようだ。

まぁうん。わかってたよ。ぶっちゃけ弱いよねこれ、とてもじゃないが兵器と比肩されるような内容に見えない。武器装備不可とかいうデメリットまであるし、怒鳴り声の内容によれば勇者のスキルは斬撃を飛ばして山を両断できるものもあるとか、ほかにも大規模な爆発を起こす魔術であったりまさにチートと呼ぶにふさわしいものだった。

ちなみに『拳士』についても散々な評価でいろいろ言われていたが、ようは武器を身に着けられない身分の人間が仕方なくつくクラスらしい。この世界でも僕は誰からも必要とされないのか。

呼び出された責任者が悲痛な叫びを上げる。

「ヒィイイイ。まだ、わかりません。もしかしたら万が一使えるクラスかもしれません」

それを聞き、血圧の上がったアグーさんは僕を豚を見るような目で一瞥し部屋を出ていった。

僕はそのままえらい簡素な部屋に半ば強制的に案内された。石造りの部屋で小さな窓が一つある。

寝床は薄い綿の布団が敷かれただけだったが、疲れていたのか不安を押しのけてすぐに眠気が襲ってきた。

そういえば晩飯は出てこなかった。

◆◆◆

朝ごはんは豆のスープで結構おいしかった。この世界は調味料が発達しているのかもしれない。

味を感じるということは異世界へ来たことは夢ではないようだ。あるいは未だに死の間際の夢を見ているのかもしれない。

体の調子は良いようだ。色々あったことで祖父が死んでから久しぶりにしっかりと眠れたらしい。

食事を終えると数人の兵士とローブを着た召喚士が部屋を訪れた。

「まずは、スキルの確認を行いましょう」

と召喚士に言われ、拳士のスキルを調べることになった。なんでも他のクラスならともかく【拳士】という職は貴族の間では広まっておらず、理解する価値もないとされているようで、アグーさんとこでも把握できてないらしい。

学生服では動きづらいと訴えると、単純な作りのシャツとズボンがでてきたので着替える。そのあと中庭に連れていかれた。周囲を観察してみる。一応ここは屋敷なのか？　ちゃんとした建物には違いなさそうだけど。

二階の部屋の窓からはアグーさんがのぞいているし、お抱えの騎士団？　なのか甲冑を着たギャラリーが相当数いた。

視線を感じながら訓練用の巻き藁っぽいものを試しに殴ってみると、おお、痛くない。楽しくなって突きだけではなく、手刀をつかった横面打ち、正面打ちなんかもしてみたが手に負担は一切なかった。これが多分【拳骨】の効果だな。

「おい、ふつうに殴っているだけだぞ」

「スキル使ってアレかよ、剣士の【重撃】なら余裕でへし折れるぞ」

「どんなスキルかしらんがしょせん【拳士】のスキルだ底が知れてるよ」

……とかいう声が背中から聞こえてくるけど無視だ無視。

とりあえず今検証している【拳骨】は単純に拳が硬くなるスキルかと思いきや、そうではないと思う、なぜならそれなりに本気で殴っているのに肘や肩にもほとんど負担がないからだ。

ということはこの【拳骨】ってスキルは突きの強さに応じて体全体の強度を上げるスキルってことになる。

昨日の鑑定紙のように魔力を使っているという感覚はないからいわゆる常時発動しているゲームで言うところのパッシブのスキルなんだろうか？

試しに魔力魔力と念じて使ってみるとほんの少しだけ硬度が上がったような気がする。つまり自動で発動はしているが魔力を消費することで強くすることもできると、おそらく弱いスキルなんだろうけど、元いた世界の感覚だとかなり有用だと思う。

他のスキルを試そうとすると、後ろから声をかけられた。

「おい、坊主」

振り返るといかにも歴戦の勇士といった相貌の甲冑を着込んだおっさんが剣を足もとに投げた。

「武器が装備できないらしいが、どの程度か調べろと指示があった。持ってみろ」

刃引きをしてない武器を持つのは初めてだった。ロングソードだと思う。形状的には刺すほうが適してそうな武器だ。

普通に持ち上げられたので正眼に構えると、「心得があるのか」とつぶやかれた。いえ適当に構えているだけです。西洋の剣なんて使い方がわかるわけがない。

「振ってみろ」と言われたので振ろうとすると、動けない。持つ分には問題ないのに振ろうとすると体が動かなくなる。

「振ろうとすると動けなくなります」と言って武器を返そうとすると、おっさんが腰に下げていた自分の剣で切りかかってきた。持っている剣を使って防ごうとするが動けない。防御で使うのもダメなのか。

そのまま動けず止まっていると刃がピタリと首にあたる寸前で止められた。結構な重量がありそうな刃を皮一枚の所で止めるとか、相当な力量だぞ。

「防御も無理と」

いやいや、たとえ動けても素人が今の奇襲に対処はできないと思う。

「なら素手だな。拳士だったか？　俺はスキル無しでいい。どっからでもかかってこい」

「……剣はありなんですか？」

「そりゃそうだろ」

なにをさも当然というふうに言ってんだこのおっさんは、体格も筋量も上でさらに防具と剣を装備している人間にどうやって素手で勝てと？

相手が防具を着ている以上、僕のへなちょこな打撃では反撃のチャンスを与えるだけ、拳骨で剣を受け止められるか？　多分無理だろうなぁ、となると捕り技か入り身で崩して投げ技にいくしかない。

おっさんは左足を前に剣を担ぐように構えている。

刀身が見えづらく間合いがわからない。

タックルで足を取りにいくか？　いや鎧の重量もあるし、ろくに練習してないタックルじゃ倒せない。構えるおっさんに相対して気付いたのは、相手が本当に強いという事だった。脱力した握りに重心を読ませない立ち姿。……それはどこか、杖《じょう》を構えた祖父に似ていた。明らかに格下の此方をしっかりと見て、間合いを測られている。殺気は無いが、その圧力に冷や汗が止まらない。

勝てる気がしない。だけど、この人に技を見てもらいたい。頭の中でできることをまとめる。諸手取りで右手を取って四方投げか呼吸投げにしよう。プランを決めて半身に構える。向こうのほうがリーチがある以上、後の先を狙うしかない。

おっさんはニヤニヤ笑っているものの、構えにはいささかの隙も無い。この感じは祖父に稽古をつけてもらっているときによく似ていて思わず笑ってしまう。……久しぶりに笑った気がするな。

手加減してくれよ。

そう思いながら、右足から踏み込む、否、踏み込む前におっさんが踏み込み剣が振り下ろされていた。

速っ。

体重が残った左足を軸に体を開き躱す。半身の形で左手を相手の剣を握る腕に伸ばした。

捕った！　と思ったが手を掴む前に、右の視界に剣脊《けんせき》が見え瞼の裏で火花が散った。そこで僕は意識を失った。

つまり今のやり取りを客観的に描写するとこうだ。

おっさんの一太刀をよろめくように躱したが、体重移動と筋力にものをいわせた切り上げにより吹っ飛ばされ、のされてしまった。

ギャラリーにはなすすべなく吹っ飛ばされたように見えたわけで（じっさいそうであるけど）つまりローブの責任者が期待したような隠された力もなく、奇跡もおこらなかった。鑑定紙が示すように僕は使えない転移者、いわばソーシャルゲームのガチャの外れのようなものだという烙印をおされてしまったのだった。

◆◆◆

「何たる体たらく。一撃でのされて、まだ目覚めないというではないか。ソヴィン、本当に奴は転移者なのか？　ワシをたばかっているのではなかろうな」

吉井が気絶して無様に救護室に運ばれた少しあと、アグー子爵の書斎ではローブの男と甲冑を着た男が呼ばれていた。ローブの男がソヴィンという名前のようで主に問われ、ビクビクと震えながら返答する。

「ま、間違いはありません。実際に召喚の際に莫大な魔力が地脈から消費されております。な、なので彼が転移者であることは疑いようがありません。まさかあれほどに弱いクラスをもって召喚されるとは……」

オークデンの血走った眼を避けるようにせわしなく周囲に視線を移しながらソヴィンは答える。

その横で甲冑の男は無精髭を撫でながらソヴィンに話しかける。

「いや、一概にそうとは言えんぞ。かなり手加減したとはいえ、この俺の一太刀を躱しおった。それだけではなく反撃をしようとしていたな。鍛えれば一角の騎士になるやもしれん」

その言葉を聞いて激昂したのはオークデンだった。机を叩き一息にまくし立てる。

「剣も持てん騎士がおるものか！　それにワシは騎士なんぞを呼ぶために莫大な金を使ったわけではない。聞くところによると、教会では【聖女】のクラスを持った者が、隣のリーン伯爵領では【魔弓士】のクラスを持ったものが召喚されたというではないか、このコスタ伯爵領においては、転移者の召喚に成功したのはこのワシだけだというのに、それがあんな使えないクズとは、何のためにわざわざ装備を集めた。従魔まで揃えたというのにすべてが無駄だ。ソヴィン、新たに転移者を召喚しろ‼」

「アグー様。そ、それはいくら何でも無理でございます。転移者が呼べるほどの魔力が地脈を伝うのは数十年に一度、そしてその一度のチャンスはもう使ってしまいました。この領地ではもう召喚は行えません」

顔を真っ赤にしたアグー子爵はほとんど残ってない髪をかきむしり再度机を叩いた。

「……どうすればいい。転移者の召喚に成功したことはすでに伯爵に伝えてしまった。ということは次の諸侯会議には転移者を連れて行かねばなるまい。あんな者を連れて行けば、よい笑いものだ。……こうなれば、殺すしかあるまい」

その言葉に先に反応したのはローブを着た男ソヴィンだった。

「それは危険でございます。転移者は保護されるべきという法があります。もし殺したことがばれればオークデン家は破滅です」

「確か一度、伯爵から監査もあるのでは？　やはりここは鍛えてそれなりの戦士にすればよいと思うが」

同調するように甲冑をきた男も言葉を重ねる。

「うるさい!!　ならばばれないように殺せばよいのだ、監査は資料を作り直接会わせないようにすれば問題あるまい。そのあとで病気や事故で死んだということにすればよい。ソヴィン、上等の毒を用意しろ。すぐに死なれては怪しまれる。徐々に弱ってゆくような毒だ。諸侯会議までには死ぬように調整しろ、これは命令だ。ギースお前は指導という名目であの忌まわしい転移者をいたぶれ、でないとワシの気がすまん」

「それは……」

眉を顰めたギースは反論しようとするが、アグーのヒステリックな声がそれを遮る。

「命令だと言っておるだろうが!!」

「……承知した」

肩で息をしながら目を血走らせてアグー子爵は椅子に座りなおし、しばらく息を整えていたがまるで名案を思いついたとでもいうように指をならし、ソヴィンに話しかけた。

「ソヴィン。確か転移者には専属の従者をあてがわせるという決まりがあったな？」

「は、はい。おっしゃる通りでございます。当家が契約した従者を貸すかたちにすれば紐をつけられると選りすぐりの【クラス】の奴隷を揃えておりましたが、あの者にはもったいなくはありませんか？」

その言葉を聞きアグー子爵はニタリと脂っこく笑い、言葉を返した。

「勿論、まっとうな奴隷など与えるものか、今から奴隷商のもとへいって最低の、ただ質の悪いというわけではない、例えば病気であったり呪われた者を安く買ってあてがってやれ。あぁ、そんな存在を屋敷には入れてはいかんぞ。離れに座敷牢があったであろう、そこの部屋に一緒にいれてやれ、それであの転移者に病気だの呪いだのがうつれば幾分かこの胸もすくわい」

脂汗を噴き出しながらニヤニヤとオークデンがソヴィンに指示をだす。

「それはよい考えです、直ちに最低の奴隷を探して買ってくるよう指示をだしましょう。そんな無様な奴隷を当家が抱えるわけにはいきませんので奴隷商を連れてきて直接契約を結ばせましょう。無論毒の手配もすぐにしておきます」

ソヴィンはアグー子爵の怒りが自分でなく吉井に向かったことに安堵しているのか、そのあと二人でどうやって吉井を殺すかを楽しそうに話し合っていた。甲冑の男、ギースはそんな二人の話をまるで虫の羽音のように耳障りに思いながら聞き流していた。

◆◆◆

「知らない天井……ではないな」

昨晩からいる部屋にうつぶせに寝かされていたようだ。ペタペタと顔や体を触ったり、動かしてみて確認してみるがなんともない。

もしかして、誰かが回復魔術でもかけてくれたのかな。この世界は魔法とかありそうだし。

窓から外を見てみるともう夕暮れのようだ。朝起きてすぐ中庭に連れていかれて、そのまま騎士っぽいおっさんと手合わせして、吹っ飛ばされてから数時間ほど寝ていたようだ。

それにしても、あの手合わせの時よく一太刀目を躱せたなぁ、相手の踏み込みが速くて完全に出遅れたのにうまいこと左足でふんばれて……そういや、スキルに【ふんばり】ってのがあったっけ、それの効果か？

試しに【ふんばれ】と念じてみると、靴の裏に吸盤が生えたように固定された。片足で立ってみても一切揺るがない。あの時左足を軸にできたのは間違いなくふんばりの効果だろう。

これは多分、体幹も強化されてるな、無茶苦茶な姿勢でもふんばれそうだ。

地面を掴めるということは力を十全に伝えて打撃がだせるということだし、投げ技もずっとやりやすくなるだろう。【拳骨】といい本当に格闘に特化したスキル構成になってるのな。

次に『掴む』を試そうとしたら、ノックもなしに乱暴に鍵（もちろん内側からは開けられない）が開けられて、入ってきたのは見たことのない男だった。どうやら使用人の一人のようだ。

「おい、移動だ。離れでオークデン様とソヴィン様がお待ちだ」

「オークデンってアグーさんのことか、ソヴィンというのは誰ですか？」

「このコスタ伯爵領における最高の召喚士様だ」

多分あのローブだな。やっぱり召喚士という呼称で正しいらしい。逆らう理由もないので、ここに呼ばれた時に着ていた学生服だけもって案内されるままに離れに行った。

一瞬外に出たものの暗くて景色は見えなかった。離れに入るとそのまま奥の部屋に……。

いや、おもいっきり牢屋なんですけど!! それまでの部屋から（悪いほうに）ワンランク上の住み心地な部屋だった。窓には格子が嵌められ、簡素なベッドに藁とシーツが置かれている。あぁもうこれは一刻の猶予もないな、早く逃げる準備をしないといけないかもしれない。……ただ、気力がわかない。異世界に来たってのにどこか他人事で、未だ現実感がない。僕は、何の為に生きているのだろうか？

そんなことを思っているとローブの人とアグーさん、そして中肉中背に顎髭を蓄えロープを持った男が入ってきた。

「オラ！ さっさと歩け」

「……ぅぅ」

男がロープを引っ張ると全身をローブ（というよりはボロ布だが）にくるまった小柄な人が、引きずられるように入ってきた。体を丸め足を引きずるように歩いている。見るからに調子が悪そうだ。立つこともままならないのか、部屋に入るなり倒れこみうずくまり低く濁った声で呻いていた。

「チッ、お客の前で無様な」

「まぁまぁ、そういうでない。おや？ 傷が治っているようだな。誰かが余計なことをしたようだ。中庭での手合わせは実に見るに堪えないものでしたな」

もうさん付けはやめようか。アグーがニヤニヤしながら脂ぎった顔を向けてきた。下手に嫌みを返してこれ以上境遇を悪くしたくないので話題を変えてみる。

「そこの人は？　ずいぶんと体が悪そうですが」

アグーはローブの人の背中を足で軽く小突き、醜悪に嗤った。

「おおぅ、このゴミですか。これはあなたのためにわざわざ町の奴隷商に頼んで用意させた。考えうる限り最低の奴隷です」

「うちの若いもんが珍しい者好きが買うんじゃないかと、商品にもならないもんを持ってきちまって、こっそり処分しようとしてたんですが、ちょうど子爵様から連絡がきましてね。悪いという意味ではこれ以上のモンはありませんぜ。なんせ、ホラ」

そう言って奴隷商がローブを引き、中腰になった奴隷のローブをはぎ取った。その下には何も着ていなかったらしい。

「世にも珍しい竜の呪い持ちです」

……焦げている。と最初は思った。体つきは病的にほっそりとしていて、手足は長い、髪は生えておらずこの暗がりでは性別は判断しにくいが、腰や体のラインからおそらく女性だと思う。身長は百五十センチくらいか？　頭のてっぺんから耳の先、足の先まで全身を黒い鱗に覆われ鱗の間からわずかに見える皮膚も焼けたように痛々しく爛れている。

「なんとおぞましい」

ソヴィンが口を押さえて数歩後ずさる。

「お、おい、この呪いはうつるのか？」

ローブを取られた少女を見たアグーはそれまでのニヤニヤ顔を青くして離れた。彼にとっても少女の様子は想像以上に酷い有り様だったらしい。

「へい、病気や呪いについて勉強するのも手前の仕事ですが、なんせ竜の呪いについてはほとんどわかっておりません。ですが、他の呪いと同じように主従契約など特殊な形で繋がりがあれば少なからず契約したものに影響を与えやす。それで、本当にこんなのと契約するんですかい？」

「無論ワシ等ではない。そこのできそこないだ」

もはや、取り繕うこともしなくなったな。順調に立場が悪くなっているのがよくわかる。

アグーから憎しみのこもった目線を向けられながらそんなことを考えた。どうやら僕に対する嫌がらせのために奴隷を用意したらしい。

そこからは使用人数人に取り押さえられた後、無理やりにナイフで指先を切られ、そのまま彼女の胸元に浮き出た紋に押し付けられた。どうやらそれで主従契約が完了したらしい。

触れた瞬間指先から血液と一緒に何かが身体を伝うのを感じた。現状特に影響はないようだ。

「ほい、多少やり方を工夫しやしたが、これで確かに契約できましたぜ、内容は普通の奴隷契約でよかったんですかい？」

「よい、上に報告するさいにはそのほうが都合がよいからな。体面上は世話をするための奴隷を直接買わせてやったということにしておけ。ワシの懐の深さがそれとなくわかるようにしておけよ」

「わかりやした。あくまで普通の奴隷を買い与えたということで。あとで書類は届けさせます。またご贔屓に」

そう言って奴隷商は出ていき、ソヴィンとアグーも出て行った。出て行く際に此方を振り返る。

「役立たずの転移者に穢れた呪われ者、よい組み合わせだ」

とアグーが言った言葉が石造の部屋に響いた。

重々しい音がして金属製の扉が閉まり、薄明かりの中で僕等は二人きりになった。

窓から月明かりが差し込み、静かな部屋の中でうめき声をあげる鱗を生やした少女。息をするだけで辛そうで、どうやってここまで生きてきたのだろう。異世界でも役立たずで、家族もおらず誰からも心配されない僕と、恐らく僕よりもずっとひどい扱いを受けて、今も苦しむ彼女が同じ部屋にいる。

さて、どうしよっかな。まぁでもこれは聞いておきたい。これだけははっきりさせたい。ぼろ布を体に巻きつけ部屋の隅でうずくまる呪われ者と呼ばれた人に近づいた。

あぁ、本当に現実感がない。言葉すら自分のものではないようだ。そして僕は呪われた少女に問いを投げかけた。

「もし死にたいなら、殺してあげるけどどうしてほしい？」

僕が自殺を選んだことは正しかったのだろうか？　目の前でうずくまる存在を見てそう思った。

元の世界で僕の置かれていた状況は生きることが不可能なほどに追い詰められた結果だろうか？

思い出すのは祖父が亡くなったあの日。台所を覗くと祖父が倒れていて、パニックになりながら駆け寄り、声を掛けても返答は無く、救急車を呼んだ。

脳梗塞だと言われた。病院ですでに死んでいたと言われ。何かしらのことを聞かれたり、何かが書かれていた紙にサインをしたのを覚えている。家に戻り台所を見ると、うどんが二人分用意されていた。

祖父は甘いツユが好きで、僕はいつもそれに文句を言っていた。涙はでなかった。伸びきった二人分のうどんをむりやり食べた。

学校生活はそれなりに幸せだったと思う。友人も数人いたし、特に仲の良い悟志や叶さんもいた。表立っていじめられることはなかった。ただ誰かと話しても頭の中を言葉が滑っていく、そんな感じがして、現実感のない空間で時間が過ぎていった。遺体を見送り、墓に祖父の骨壺を置いてもまだ実感が無かった。両親の借金で道場と家を差し押さえられ、変わっていく環境が不安でどうすれば良いかわからなくて、これから生きていくことが怖かった。

いつからか眠れなくなり、漠然と死にたくなり。そしてついに首を吊って、なんの因果かここにいる。


仕方なかった。

死んで当然。

もうどうしようもない。

そんな言い訳が積み重なって自殺を選んだ、だから気になった。

この奴隷は死にたいのではないかと、だって見るからに苦しそうで、未来なんてなさそうで、これ以上生きていても辛いだけだと思う。きっと彼女も死にたいと思っているはず。僕が死ぬことを選んだように彼女もそうであるはずだ。

ゆっくりと手を差し伸べる。この少女が「死にたい」と言った瞬間に全力で絞め上げて、僕も死のう。

指先が黒く痛々しい皮膚に触れる、その瞬間。

奴隷が手を払いのけ僕を押し倒し馬乗りになった。頭を強かに打ち、おもわず目を閉じると。ポタリと雫が垂れてきた。熱い、雫だった。

目を開けると少女は泣いていた。まともに叫ぶこともままならないであろう喉から必死に声を絞りだそうとしている。

見上げるとその目は美しい深緑の瞳だった。

「……死にだくない」

ダミ声で聞き取りづらかったが確かに、そう言った。

望んでいた答えだった。

彼女の涙と余りに軽い体の重みが僕を地面に押し付けて、染み出るように涙が出てきた。

命の重さを感じる。現実感が無いとうそぶいて、異世界に来てさえも目を背けてきた僕が、彼女の瞳から目を背けられない。もう、誤魔化せない。

「そうだよな、わかるよ。死にたくなんてないよな。ごめんよ。わかりきってるよな」

あの時、首にロープをかけて木から飛び降りた瞬間、僕は後悔していた。悟志に助けを求めればよかったかもしれない。ちょっと自分で調べれば借金だってなんとかなったかもしれない。

自分で言わないことを選択したくせに、助けてほしかった。誰かに助けてほしかった。ロープが伸びきるまでの時間があまりにも恐ろしかった。そのことから必死に逃げて、逃げて、自分の感情を抑え込んだ。

なんて無様な人間だ。こんな簡単なことを確かめるために彼女を傷つけたのか。

「僕も、生きたい。死ぬのは怖いんだ。本当に怖かったんだ」

そこからは意味のある言葉なんて出てこなかった。

ただただ、幼子のように声を張り上げて泣いた。祖父が……爺ちゃんが死んで悲しかった、借金ができて途方に暮れた。一人の家が寂しくて、怖くて、不安で、何も考えないようになった。

異世界に来ても僕は役立たずで何もできなくて、悔しくて、君に酷いことをした。

そんなことをひたすらに叫んだ。僕に馬乗りになっている少女のボロ布に縋りただ、泣いた。

彼女は最初は戸惑っていたが、鱗が生えている自分の手にボロ布を巻いて僕の頭をずっと撫でてくれた。

正直少女から見れば、わけがわからないだろうと思う。変なことを聞いたかと思えば急に泣き叫ぶ男。自分でもドン引きだし、もし未来があるなら黒歴史決定だ。でも抑えられなかった。そのまま緩やかに僕の意識は暗転し。久しぶりに深く眠りに落ちていった。

◆◆◆

これは夢だ。僕は今、夢を見ている。なぜなら自分が立っているのは、慣れ親しんだ道場で目の

前には死んだはずの爺ちゃんと、小さな僕がいる。

　正座した爺ちゃんの手を正座した僕が掴む。座技の呼吸法と呼ばれるこの技は、稽古の終わりに必ず行っていた。横にコロンと倒され、今度は爺ちゃんが僕の手を掴み、爺ちゃんを転がす。小さな僕は下手くそで爺ちゃんから転がってくれた。当たり前だった時間。もう、戻れない時間。どうしてこんな夢を僕は見ているのだろう？

　景色が流れる。立ち技、杖の型、自由演武。覚えの悪い僕に爺ちゃんは繰り返し丁寧に教えてくれたことが映し出される。

　そうだ、この手は覚えている。杖を振り込んだ爺ちゃんの太いその手首の感触を、道場が無くなっても、家が無くなっても、残してくれたものがある。爺ちゃんが紋付袴で授業参観に来て周囲から浮いていたこと、味の濃いうどんを作って僕がいつも文句を言ったこと。成績が良かった通信簿を額縁に飾ろうとして止めたこと。全部ちゃんと思い出せる。

「爺ちゃん……」

　思い出が涙と一緒に流れて、道着に袴姿の祖父が目の前に立ちこちらを見ている。喋ってはくれないんだね。でも、その目はしっかりと僕を見ていて、家族だから何を考えているかくらいはわかる。

「ありがとう。僕も……愛してる」

　もう二度と、生きることから逃げないから、見ててくれ爺ちゃん。

◆◆◆

……格子のはめられた窓から降り注ぐ光が顔にあたり意識が浮上する。なにか柔らかいものが後頭部にあることを疑問に思い、目を開けると、奴隷さん（そりゃ昨日の醜態を見られた相手にはさんづけもしたくなる）の深緑の瞳と目が合った。あぁ、なんだか実感が湧いてきた。そうか、僕は今異世界にいるのか。

ＯＫ大丈夫。完全に思い出して理解した。牢屋に連れてこられ、奴隷さんと契約をして、そのまま暴走をして奴隷さんに乱暴（性的な意味ではない）を働きそうになり、そして膝枕までしてもらっていると。

……そこから僕は流れるような動きで、土下座の体勢をとり。

「昨晩は申し訳ございませんでした!!」

自分がしでかしたことに赤面を飛び越し真っ青になりながら声を張り上げ謝った。奴隷さんは目を白黒させている。久しぶりに人と向き合った気がするな。

「大丈夫ですから、謝らないでください」

とダミ声で手をワタワタしながらペコペコ頭を下げていた。その様子が妙に可愛らしくて、思わず笑ってしまい。そうしたら（顔のほとんどは鱗に覆われ表情がわからないので推測ではあるが）奴隷さんも少し笑っていた。

「昨晩とは、ずいぶん……様子が違うように見えます」

「……昨日までの僕がおかしかったんだ」

昨晩、僕は確かに救われた。あの時首に縄をかけ、木から飛び降りた僕はおそらく天文学的な確率を飛び越えここに連れてこられ、彼女の生きたいという言葉を聞いて、自分も死にたくはなかったのだと認めることができた。もちろんそんなことは僕が勝手に思っているだけだし、ある種の自己陶酔なのかもしれない。

でもこれだけは言わせてほしい。

「本当にありがとう。えっと……」

案の定、ポカンとしている奴隷さんを見てまた笑みが浮かんでくる。貴女のおかげで僕は立ち上がることができたんだ。手足に力が入る。フワフワした感じじゃなく、しっかりと自分の足で立てている。異世界に来てから生の実感を得るなんて僕もずいぶんずれてるよな。爺ちゃんならきっと、『シャンとしろ真也っ』と叱ってくれるはずだ。そのことを思い出させてくれたことに何度でも心からお礼を伝えたい。

朝日の差し込む部屋で深緑の綺麗な瞳が変な僕を不思議そうに見ている。まずは、名前を聞かなきゃな。

名前を聞く前にそもそも彼女がボロ布一枚だったということに気が付いた。これはまずい。とりあえず学生服を着るように言って差し出すと。

「このような、高価な生地の服を着るわけにはいきません。穢れてしまいまず」

独特のダミ声でそう言うと跪いて服を返してくる。

「いいから、着てください。えと、そうだ、昨日ひどいことを言ったお詫びです。あと名前をおしえてください。あぁ僕の名前は吉井真也と申します。ヨシイがファミリーネームでシンヤがファーストネームね。伝わるかな？」

「あの、敬語はおかしいです。私はあなたの奴隷です。私なんかが奴隷でずいませんいや、いや、僕の方こそ主人ということになってしまってごめんなさい。初対面の女性の方ですから敬語で喋らせてください」

「そういうわけにはいぎません」

というか昨晩のことを加味すると僕の中では大恩人と言っても過言ではないわけで、いっそ僕が奴隷でいいですという心境ですらある。結局そのあと言葉遣いについて言いあいになり。結局僕が折れる形で彼女が敬語で、僕が普通に話すことになった。細くて今にも倒れそうなのにやたら芯の強い、強情な性格のようだ。ちなみに学生服はきっちり着せました。

「それで、話を戻しますが……戻すけど、名前を教えてもらえる？」

「はいご主人様、ファスと申しまず」

「ファスさんですね。よろしくお願いします……わかったよ、睨まないでくれ。んん、よろしくファスさん」

「さんは不要です。よろしくお願いいだたします、ご主人様」

「ご主人様ってのはくすぐったいんで、ヨシイとかシンヤでいいよ」

「いいえ、ご主人様はご主人様なので」

この子本当に強情だな！　昨晩醜態を見られたせいなのか、昨日牢屋に入ってきたときのような怯えた様子はなく、毅然とした態度で意見を言ってくる。まぁ正直そのほうがずっと心地よいのだけれど。

「よし、ファス。とりあえず、僕の置かれている現状を説明するぞ。薄々気づいているけどかなりヤバイ状況だと思う」

ファスがアグー側である可能性もないわけではないが、昨晩の様子を見るとその確率は低いと思う。なんせこっちの世界がどういったものなのか、いまだにわからないことだらけなのだ。聞きたいことは山ほどある。今はファスを信じて情報を集めるしかないだろう。なんせ僕は死にたくはなく、生きたいと言った奴隷を抱えているのだから責任重大だ。

状況は変わらないのに、どこかワクワクしている自分がいる。というかドキドキ、これからどうするか考えることが楽しい。せっかく異世界に来たんだ。やりたいことが一杯ある。

とりあえず、転移されてからの事柄を思い出せる限り細かに伝えた。ファスは僕が転移者だと知った時はかなり驚いていたが、その後は落ち着いて話を聞いてくれた。彼女はかなり聞き上手で目線であったり相槌を打つタイミングが絶妙でスムーズに話すことができた。話の最中に何度かその瞳に見惚れてしまいそうになる。

「ご主人様のおっしゃるとおり、かなり不味い状況であると思います。アグー子爵はおそらくご主人様を殺そうと、コホッ、コホッ」

「おいおい、大丈夫かファス？」

「コホッ、大丈夫です。呪いのせいでよく、ゴホッ、息が苦しく、コホッ」

苦しそうにせき込む彼女の背中をさすろうと手を背中に当てると、そこからドロリとしたなにかコールタールのようなものが手の中を伝ってきた。それが何なのか確かめる暇もなく体を鈍痛と倦怠感が襲う。

「体が軽く？　ッご主人様!!　大丈夫ですか、えっ？　喉が痛くない!?」

（ファス、ダミ声じゃなくなってるぞ）

それは鈴を転がすような軽やかな女性の声だった。感想を言いたかったけど体を襲う痛みに耐えるのが精いっぱいで喋ることができない。女性の良いと思った部分はすぐに伝えて褒めるべしという祖父の教訓が頭に浮かんだが、それどころではない。

息ができない。ゆっくりだ、少しずつ細く長くなら呼吸できる。

痛みの中でなんとか呼吸する方法を見つけてあとはじっと耐えることしかできなかった。幸い痛みは十分ほどで治まった。もっと長く感じたがその程度だったのか。ファスはその間ずっと僕を励ましていてくれた。

もう大丈夫とジェスチャーで伝え起き上がると、ファスが興奮した様子で迫ってきた。

「ご、ご主人様。私声が出ます。普通に喋れます！」

うんやっぱりいい声だ。聞いていて落ち着くような涼やかな美しい感じ。鱗で年齢がわからないけど声の感じからして幼いのかもしれない。そういえば歳を聞いていなかった。

「私、声が……ずっと喉が痛くてまともに喋れなくて……あー、あー、これが私の声なのですね」

両手で喉を押さえて、自分の声を嬉しそうに確認するファスを見ると彼女がどのような苦しみを背負っていたのか、その一端を想像できる。

「そうか、よがっだな」

僕の喉からでたのはファスと同じようなダミ声だった。

……部屋を沈黙が支配する。あーこれはもしかしなくても……。

「私の呪いが……うつった。そんな」

ファスの顔が真っ青になる……気がする。実際は鱗に覆われて見えない。

「申し訳ありませんご主人様。影響があると奴隷商が言っていましたが、まさかこんなことが起きるなんて、どうにかして私に呪いを戻さないと」

オロオロと部屋を右往左往するファスを見ていると喉の痛みが和らぐようだ（他人事）。いや実際に痛みが治まってきてるように感じるぞ。

「あー、あー。ファス、大丈夫だ。ホラ、もう問題ないぞ」

少し痛むがこれなら問題ない。

「本当に、大丈夫なのですか？」

「うん、もしかしたら。耐性スキルのせいかもな。鑑定紙だっけ？　あれがあれば状態がわかるんだけどなぁ」

あれ？　あの紙ってどこやったっけ？　確かアグーに紙を見せた後、アグーが怒鳴って、それを聞きながら紙を内ポケットへ……。

「まてよ、ファスちょっと失礼」

「はい？　あっあのご主人様⁉」

ファスが着ている学生服の内ポケットに差すように突っ込まれた鑑定紙を引き抜いた。

「あったあった。これがあれば」

「…………（じーー）」

ファスがジトーとした目でねめつけてくる。そして気づく。

Q：今僕なにをした？

A：女子の服の内ポケットをまさぐって紙を取り出した。しかも服の下はほぼ裸だ。

完全に変態である。

「ご、ごめんファス。違うんだ鑑定紙のことで頭がいっぱいになって、決してやましい気持ちなんて……」

「なにをしているんですか!!」

「わかってる。僕が悪かった。この通りだ許してくれ」

「また呪いがうつったらどうするんですか!!」

えっ？　そっち？　そういえば触れたら呪いがうつったからそうなる可能性はあるわけか。

「大丈夫だ。問題ないから」

とか言ってみるが、ファスは警戒した目でこちら見る。

「気を付けてください。次は死んでしまうかもしれません」

ファスは真剣な瞳でこっちを見て言っていた。そんな様子を見て罪悪感に押しつぶされそうになる。

「わかった気を付ける……とりあえず、鑑定してみるぞ」

魔力魔力と念じつつ、対象僕で「鑑定」と呟く。じんわりと文字が浮かび上がってきた。

名前：吉井　真也　（よしい　しんや）
性別：男性　年齢：16
クラス▼
【拳士ＬＶ．２】
【愚道者ＬＶ．３】
スキル▼
【拳士】▼
【拳骨ＬＶ．２】【掴むＬＶ．１】【ふんばりＬＶ．２】
【愚道者】▼
【全武器装備不可ＬＶ．１００】【耐性経験値増加ＬＶ．２】【クラス経験値増加ＬＶ．２】
【吸呪ＬＶ．５】【自己解呪ＬＶ．３】

おもわず笑みがこぼれる。
「ファス、喜んでくれ。君の呪いの解き方がわかったぞ」
【スキル】にある【吸呪】という部分を見せて、さっそく呪いを引き受けようとしたのだが。

ファスは体を抱くような姿勢でじりじりと僕から離れる。

「ちょっとだけだから、ほんの少し、すぐ終わるから」

「ダメです。近寄らないでください。こないで」

よいではないかよいではないか、嫌よ嫌よも好きの内というではないか、じりじりと距離を詰めとりあえず手を掴もうと半身に構える。なんせスキルに『掴む』があるしな。

「『吸呪』のスキルで呪いを僕が引き取れば、ファスの呪いは治るんだぞ！」

「さっき少し触っただけで、死にそうになっていたじゃないですか、絶対ダメです」

「いやいや、この鑑定紙を見てみろよ、『自己解呪』のスキルだ。僕が呪いを受けて治せばいいんだ」

やっべ、テンション上がる。どうやって恩返ししようと思ったら、降って湧いたようにその手段がやってきたのだ。

「だから、どの程度の能力かわからないじゃありませんか、ご主人様に危険がある以上許すわけにはいきません。それ以上近づくと泣きますよ」

ドヤ顔で鑑定紙を見せて意気揚々と『吸呪』のスキルを使おうとするとファスに逃げられてしまい、こんなやりとりをさっきから続けている。ファスは強情だからこのままだと平行線だな。構えを解いて座りこみ両手を上げて降参の姿勢をとる。

「わかった。じゃあ現状を整理して、そこからどうするか考えよう。そもそもファスの呪いってどういうものなんだ？」

ファスは警戒しながらも僕のいる場所に近づき、ため息をついた後少し間を取ってポツポツと話し始めた。

「詳しくはわかりません。物心ついた時には私は呪われていて、本がたくさん置かれた部屋に閉じこもっていましたから。そこでは身の回りの世話をしてくれたお婆さん以外とは話しませんでしたし。この呪いが『竜の呪い』と呼ばれているということと、それを私が受けたのが赤ん坊の時だということ以外は何もわかりません。申し訳ありません」

おっと、なんだか昨晩部屋に来た時みたいに元気がなくなっちゃったな。この話題はやめたほうがいいか。

「とりあえずは呪いについてはわからないってことか。鑑定してみていいか?」

「その鑑定紙は複数回使えるのですか?」

「そうだけど?」

「普通鑑定紙は一回しか使えないものと本で読みました。複数回使えるものはかなり高価なものになります」

「アグーが高価なものだとか言ってた気がするな、どさくさに紛れて持っているからバレたら返せと言われるだろう。このことは秘密にしとこうな」

「かしこまりました。鑑定するのは構いませんが……」

ファスは煮え切らない態度をとる。まぁとりあえずやってみるか。

(対象をファスにして鑑定)

魔力魔力と念じながら鑑定紙をファスに近づけると、僕の鑑定結果が消えて新たな文字が浮かび上がってきた。

名前：ファス
性別：女性　年齢：16
クラス▼
【？？？】
スキル▼
【？？？】▼
【】【】【】

『？』だと、これじゃあなにかわからないな。あと十六歳ってことは同じ年か、同じ年でこんな目にあってんのか、辛かっただろうな。

「竜の呪いは、慢性的な身体の様々な異常と、クラスの封印だと本で読みました」
ファスが申し訳なさそうにそう言う。別に悪いことなんてないのに。

「気にするな、呪いを解けば好きなクラスに就けるようになるさ。ただこの結果じゃあ呪いの様子とかがわからないな」

「えっと、高価な鑑定紙なら状態を鑑定することもできると読んだことがあります……」

えっそうなの？　試しに『状態異常を鑑定』と念じると、文字がまた新しく浮かび上がった。

名前：ファス
性別：女性　年齢：16

状態
【専属奴隷】▼
【？・？・？】【？・？・？】【？・？・？】
【竜の呪い（侵食度92）】▼
【スキル封印】【クラス封印】【難病】【忌避】

おっ、でたでた。この紙本当に便利だな。【竜の呪い（侵食度92）】ってのはこれが減ればいいのか？　ファスにも見せて確認してみる。

「ファス、侵食度九十二ってのはさっき僕が呪いを吸収して減ったとみていいのかな？」

「はい、それで間違いないと思います。あっ、すみませんご主人様」

「えっ、なに？」

ファスが僕の方に向き直って、姿勢を正したかと思うと深々と頭を下げた。わけがわからず困惑していると。

「先ほどはご主人様が苦しんでいたのでしっかり言っておりませんでした。ご主人様、喉を治してくださって本当にありがとうございました」

丁寧にゆっくりとファスはそう言った。うんやっぱりいい子だな。本当にこの世界に来て救われてるよ僕は。

「礼を言うのは呪いを全部解いてからだ。さぁ手を出してくれ。一気に治してしまおう」

「嫌です」

なんでだよ、このままベッドイン、じゃないや。吸呪させてくれる流れだったじゃないか。そしてまた先ほどの繰り返し。

「少しで済むから。天井のシミでも数えている間に終わるから。わかった一気にするのは怖いよな徐々に（吸呪に）慣らしていこう」

「ご主人様のお気持ちはわかりました。ですがまだ先ほどの（吸呪の）疲労が残っているかもしれません。休憩するなり、日をまたぐなりしたほうが確実です」

チッ、強情な。こうなったら先ほどは中断したが無理やり掴むか。そう考え飛び掛かるために腰を落とすと同時にガチャリとドアが開く。入ってきたのは昨日僕をのした、甲冑のおっさんだった。

驚愕の表情を浮かべてこっちを見ている。

「信じられん。まさかそんな醜女に欲情するとは、性欲が強いのは優れた戦士の証しだが常軌を逸している」

違うわ。あくまで治療行為をしようとしているだけだ。誤解を解こうと意気込むと視界にファスがどこか傷ついた表情（鱗の為あくまで推測だけど）が目に入った。

はいここで脳内会議を始めます。

『委員長ここで全力で否定するとファスが傷つくし、それをしなかった場合僕は使えない転移者とは別に【異常性欲保持者】の称号を手に入れてしまいます。どうすればいいでしょうか？』

『今大事なのはそんなどうでもいいことではない』

『なんと、ではなにが重要なのですか？』

『実際ファスを抱けるかどうかだろうが‼』

『確かに‼』

再びファスを見てみる。どこか縋るように僕をみていた（ここまで〇・五秒くらい）。

うんいける全然いける。というか昨晩の初対面時には確かに嫌悪感があったが今はなんともない。むしろ好印象だ。もしかして【忌避】と関係しているのか？　ジャパニーズヘンタイをなめてもらっては困る。……というか、生きたいと言ったファスを思い出すと胸がドキドキする。男として、この気持ちには嘘はつかん！

脳内会議を終了しおっさんに結果を告げる。

「ハッ、何言っているんですか、バリバリ抱けますけど？」

余談だが、この日を境にアグー子爵の屋敷には、離れに異常な性欲をもつ人間が幽閉されているという噂が真《まこと》しやかに囁かれ女性が離れに近づくことは一切なくなったという。

閑話休題。

「そ、そうか。まぁ人の好みにとやかく言うものじゃあないか」

甲冑のおっさんはドン引きして一歩退いていた。一方ファスはこれまた信じられないものを見るような目で僕を見ていた。

いいんだ。僕は男の意地を貫いたんだ……。

「それでなんの用ですか？　取り込んでいるのですけど」

「見ればわかる、……ハァ、拍子抜けしちまったな。それなりに覚悟決めてきたんだが」

「覚悟ですか？」

おっさんがハゲ頭をポリポリとひっかきながら、ドアの外に置かれたお盆を取り出す。朝ごはんかな？

「これは、そこで給仕から引き取ったお前らの朝飯なわけだが」

「豆のスープですか、おいしいですよね、それ」

「毒入りだけどな」

「えっ？」

マジ？　まぁその可能性はあるだろうと思っていたけれど。普通に食べちゃったぞ。

「時間がないから、手短に説明するぞ。これからお前のもとに出される飯は全部毒入りで、体の中に少しずつ溜まり徐々に体を蝕むものだ。あのボンボンは二カ月後にある諸侯会議までにお前を殺すつもりらしい」

「僕を殺す理由は？」

「お前が他の転移者に比べて、話にならんほど使えず、他の貴族にそんな様を見せるわけにはいかんから殺すということだ」

グサッ。わかっているけど実際に言われるとそれなりに傷つくな。ちなみにファスは制服の上からボロ布にくるまり部屋の隅で防御するように丸まっている。

「それでぇーと」

「ギースだ、ギース・グラヴォ、ここの騎士団の団長をやっている」

「ギースさんはなぜそれをわざわざ教えてくれるのですか？」

「……気まぐれだ。強いて言うなら、あのボンボンにはうんざりしてるってことさ。一泡吹かせてやりたいからお前を利用するってわけだ」

「僕らを助けてくれるんですか？」

「あくまで、できる範囲でだ。自分の身を犠牲にするつもりはない。手助けくらいはしてやるってわけだ」

そっぽを向きながらそんなことを言ってきた。おっさんのツンデレなんて需要ないと思うのだが。

「ありがとうございます。あなたを信用します」

手を出して握手を求めると強く握り返してきた。剣ダコがありゴツゴツとしている爺ちゃんによく似た手だった。中庭での手合わせを経て感じたのは、この人は少なくとも武に対してはきちんと向き合ってきた人ということだ。爺ちゃんに付き合って趣味としてしか武道をしてこなかった僕なんか比べ物にならないほどに鍛錬を積み重ねてきたのだろう。人となりはまだわからないが、この人の武道に向き合った姿勢を信じたいと僕は思う。

「……女を抱こうとしたからか？　随分見違えたな。目に精気がある」

「まぁ……そんなところです」

「そうなのですか⁉」

後ろから驚愕の声が聞こえた。実際、ファスのおかげで生きたいと思えるようになったし、あながち間違いでもないと思うんだよな。

「よーし、さっさと話を進めるぞ。とりあえず俺の考えはこうだ。まずお前を鍛える」

「へっ？」

何言ってるんだおっさん、今は脱出の話じゃないのか。困惑していると、呆れた顔で指先を向けられる。

「お前なぁ、今のまま外に出ても野垂れ死ぬだけだぞ。幸い俺はボンボンにお前を弱らせるためにしごけと言われている。一カ月で戦闘の基本くらいは身につけさせてやる。そうしたら冒険者ギルドにでも行って自分の食い扶持くらいは稼げるようになるだろう。本来はもっと時間をかけるが、まぁ大丈夫だろ仮にも転移者だし」

確かに、今の僕はなんのリソースもないからなぁ。ファスもいるし最低限、稼ぐ手段はいるよな。

折角異世界に来たのに、牢屋ばかりってのは味気ない。

「わかりました。でも僕はほとんど素人ですよ」

「それをどうにかするのがプロの腕ってもんよ。練兵は得意でな」

ニヤリと笑うギース。なんだこのおっさんカッコイイぞ。

「脱出は一カ月後だ。伯爵のところから転移者を査察する役人が来る時を狙う。もてなしや書類の整理で忙しくなっているからな。もとより死んだことにしたがっている奴らだ。追われることもないだろう」

脱出は一カ月後か、それまでにファスの呪いもどうにかしたいな。

「それで、当面の問題はこの毒薬ってわけだ。ちゃんと食っているか給仕が見張るらしいからな、それに食べなきゃ鍛錬もクソもない。というわけでお前はこれから毒を食べても大丈夫にならなきゃならん」

「【スキル】を使ってですか？」

それだとファスがご飯を食べられないのだが。

「【スキル】？【解毒】でももってんのか？残念ながらダメだな、そうとう高レベルじゃないとこの毒は解毒できないぞ。なに、そう難しい手段じゃない。今日は屋敷にボンボンも召喚士のやろうもいないからチャンスだ。近くに森があってな、そこにいまから行ってもらう」

「森ですか？」

ゲームとかでよくある解毒草でもとりにいくのかな？

「ああ、今ちょうど産卵期だ。お前ツイてるぜ」

ニヤリと笑うおっさんのあまりに引っかかる単語に眉を顰める。

「その言葉から、嫌な予感しかしないんですけど」

「昔からある。由緒正しい解毒の方法だ。つまりポイズンスパイダーを従魔にしろってことだ」

◆◆◆

そんなことを言われてから数時間後、僕はやけにおどろおどろしい森の中にいる。渡されたのはナイフ、水筒、方位磁石、契約に必要だと言われた鑑定紙によく似た紙、あとはこっそり隠し持っている鑑定紙だけだ。

ギースさんが言うには、ポイズンスパイダーは低級の魔物で、成虫の大きさは日本で言うところの中型犬くらい。子蜘蛛はソフトボールくらいで昔から従魔としてよく使われているようだ。戦闘力はほとんどないが、大概の毒なら無効にするし、従魔になれば契約者を毒から守ってくれるとのこと。

その特性から要人の屋敷や、食べ物に毒が入れられる立場の人間は奴隷にポイズンスパイダーを従魔として契約させて毒見をさせるそうだ。

従魔とは、人間が契約により従えた魔物である。まぁ日本で言うところのペットみたいな立ち位置らしい。魔物は基本的に人間になつくことはほとんどないが、生まれたばかりの低級な魔物ならば従魔にすることができるらしい。

本来は魔物を従えるためのクラスを用い、そのクラスが捕獲した魔物と人の仲介をして契約を結ぶとのこと。従魔を持つのは一流の冒険者や貴族にとって一種のステータスらしくギースさんもなんらかの従魔を持っていると自慢された。

さて、そんな説明を投げやりにされて放り込まれたのは、明らかに素人が入っていけないレベルの深い森である。流石異世界、自然豊かだな。そんな現実逃避をしつつ藪をかきわけ森の奥へ進む。

ギースさんが言うには、転移者は強力な魔物とも契約を結べることが多いらしいのでポイズンスパイダーを見つけるくらいなら余裕とのこと、ファスはまだうまく歩けないのでお留守番だ。出ていくときにこそっと耳打ちしてくれたのだが。

『転移者についてはわかりませんが、従魔の契約を専用のクラス以外が行うのは、非常に難しいと本で読んだことがあります。これはご主人様を殺す口実かもしれません』

『……わかった。警戒しとくよ。ありがとう』

『無事を祈っています』

あのおっさんなら、こんな回りくどい方法をとらなくても僕らを殺せると思うけど。

そのあとは部屋を出て馬をあてがわれたが、勿論乗れないのでその旨を伝えると。

『これは、馬術も教えなきゃな』

とつぶやきつつ藁を運ぶような荷車を用意してくれた。やっぱりいい人だと思う。

『いいか。俺はお前が屋敷にいないことを誤魔化すために、お前を森に放り込んだら一日屋敷に戻る。日の入り前には戻ってくるから、それまでにポイズンスパイダーの子蜘蛛か卵をもってこい。森のいたるところに巣があるから腹から落ちているのを拾うだけだ。バカにでもできる。森の奥には行くなよ、浅いところから卵を持ってこい』

そう言って戻っていった。絶対もっといい方法がある。とか思いながらさらに藪をかき分ける。

時々立ちどまり金属の水筒からぬるい水を呷る。蜘蛛の巣らしきものはあるが蜘蛛も卵も見つからない。

背の高い藪があって進みづらいものの、乱暴に藪を踏みつけたような獣道が至る所にあり一応は進めるのだが……。

「どんな獣がいるんだ？」

獣道の幅は一メートルは優にある。遭遇したら絶対に死ねる。大人しく藪をかき分けて進んだ方が生存率は高そうだ。時折聞こえる唸り声のような音や、聞いたことも無い高音の羽音が枝の上から聞こえる。怖すぎて泣きそう。

しっかし、蜘蛛の巣はあれど肝心の蜘蛛の姿は一向に見えない。【掴む】を使って木登りとかしてみようか。キョロキョロと周囲を見渡しながら進んでいくと、違和感に気付く。

「……音がしない？」

先程まで、騒がしかった森の生き物たちの音がピタリと止まり、葉が擦れる音がするばかり。首筋のうぶ毛が逆立つ。なんかヤバイ。

進む先を変えた方がいいかもしれない。そう思って藪をかき分けると。

地面がなかった。

「えっ、うわあああああああああああああああああああ」

蜘蛛の巣を見つけるために上を見上げていたことと、藪のせいで先が見えない状況が重なり先が崖になっていることにまったく気づかずそのまま僕は、崖下にゴロンゴロンと転がっていく。

「ほわああああああああああああああ」

と、止まらない。崖と言っても僅かに傾斜があるから真っ逆さまというよりは転がり落ちてる感じか。とりあえず頭だけは守っているけど、このまま加速していくのはマズい。そうだ【掴む】と【ふんばり】でブレーキできないか。

「ヨイショおおお!!」

掛け声一発、回転する世界で地面が下に来たタイミングで手と足に魔力を集中してスキル発動。ビキィと手足から鳴ってはいけない音が鳴った。

あっ、ダメだわ。勢いが付きすぎて全然止まらない。心なしか速度は弱まったが。指が千切れるかと思ったし、足は盛大に捻った。すまんファス、やっぱりあの時無理やりにでも呪いを解いときゃよかった……。そんなことを思いながら、落下の衝撃を覚悟していると、巨大なクッション?のようなものに抱きとめられる。

「た、助かった?」

目が回って、グラグラするが状況確認をしなくてはならない。手足は……うわぁ、両手を見ると節々から血がダラダラ流れていて少し曲げるだけで激痛が走る。足は、少し痛むけど歩けないことはないな。

さて、足を確認したときにもう薄々わかっているけど。僕が何に受け止められたかを確認してみようか。

それは絶壁と巨大な木々を利用して芸術的なまでに精緻に織り込まれた直径十メートルになろう

かという蜘蛛の巣だった。あれ？　話ではポイズンスパイダーは中型犬ぐらいの大きさという話ですよね。こんな大きな巣は必要ないですよね。

カサリ。

背後から微かな音がして振り向くと、そこには中型犬どころか大型犬を飛び越えてヒグマクラスの巨大な蜘蛛がいた。

「…………」

叫ばなかったのは奇跡だ。角が生えている、目が何個ある？　一つ二つ三つデカいのは四つある、側面にも小さな目があるのが見えるな。緑と黄色の斑模様で針金のような毛が全身に生えている。

恐怖で息もまばたきもできない、心臓が張り裂けそうだ。小説やゲームの主人公はこんな存在と戦っていたのか、僕には無理だ。こんなのに襲われたら抵抗なんてできるわけがない。何もできず殺されて終わり、かといって逃げるというのも無理だ。見るからにでかくて鉄筋に毛が生えたように強靭な足は、見ただけで逃走はなんの意味もなさないと理解させられる。

何分経っただろうか？　いやきっと十秒も経ってはいないだろう。でも僕には果てしなく長く静かな時間だった。

突如ブルリとその巨体をそらし、巨大蜘蛛が身体を激しく揺らす。巣が激しく震える。なんかわからないけど逃げるなら今しかない!!

ねばつく糸を必死に引きはがしながら、織られた巣の隙間から地面に落下する。上着が巣に引っかかり脱げてしまったがそんなことはどうでもよい。一緒に落ちたリュックを掴み走りだそうとすると上から目の前にボタリと何かが落ちた。

玉？　いや泡か？　ドッジボールのようなまるまった粘度の高い泡がボタボタと上から垂れてくる。見上げると腹部から巨大蜘蛛が泡を吹きだしている。一つ一つがドッジボール大で周囲にまき散らしていた。

そしてその泡から小さな（といってもソフトボールくらいはあるが）緑と黄色の斑模様の子蜘蛛（もちろん巨大蜘蛛と比較して『子』というだけである）がワラワラと出てきた。

「これが産卵か、スゴイな」

危機的な状況は変わらないがあまりの光景に圧倒されてしまう。正直なところ、巨大な蜘蛛が全身を震わせながら泡を撒き、てのひら大の子蜘蛛が辺り一面を埋め尽くすという光景はおぞましさと同時に、形容しがたい感動を僕に与えていた（恐怖が一周回ってしまっただけだと思うが）。なんというかとんでもないものを見ているという喜びがあったのだ。ファスと出会って、僕の心に血が通ったように現実感が湧いてくるようになった。あぁ、生きたい。死にたくない。こんなにも楽しい世界なのだから。

最後に僕の頭にボトリと泡を落とし、巨大蜘蛛の産卵は終わった。するとそれまで意味なくワラワラと蠢くだけだった子蜘蛛達が一目散に逃げだし始めた。まさに蜘蛛の子を散らすように、まてよ……確か、どこかで聞いたことがあるけど蜘蛛の中には産んだばかりの子蜘蛛を食べる種類がいるとか……。

泡を払いのけ、恐る恐る上を見上げると、ちょうど巨大蜘蛛が自分で巣を破り降ってくるところだった。

「おわあああああああああああああああああああああああ」

全力で横っ跳び。足に痛みが走るが構ってはいられない。

横で倒れている僕を無視して巨大蜘蛛はそのまま恐ろしいスピードで子蜘蛛達を追いかけていく。

運よく僕とは別の方向へ向かっていったのですぐに立ち上がり、あの巨体が入れないような狭い木々をかき分け、そのまま必死に走れるところまで走った。

しばらく走ったが、痛みのせいで足がもつれて手をついて倒れてしまう。息をするのもつらい、手も痛いな、あぁそうだ手もケガしてたんだ。そう思って手をみるがダラダラ流れていたはずの血はとまり傷もふさがっている。なんでだ？　スキルのせいか？　いやもしかして、この泡に薬効があるのか？

物はためしとつっぷしたまま頭に乗っている泡の残りを集めようと頭に手をやると、フニョンという柔らかい感触を指先に感じる。

そのままソレを両手で掴んで目の前に移動させる。と案の定子蜘蛛がいた。しかしあの場所でみた他の蜘蛛とは様子が違う。泡を手で取ってやると、しぱしぱと大きな瞳をしばたたかせている。

まず色が違う、他の子蜘蛛は親蜘蛛と同じ緑と黄色の斑だったが、この子は真っ白だ。指の腹で腹部をなでる、子犬の毛のようにフワフワで触り心地が非常に良い。その他の違いは親蜘蛛には立派な角がありかなり角ばった体だったが、この子は角はなくずんぐりむっくりという表現がしっくりくるような、なんだろうな、そうだ大福だ大福が二つ重なってるような形だ。かなり愛らしい造形をしていた。紅い目もくりっとしていて愛嬌がある。

「ハァ、ハァ。お前、可愛いな」

息切れでハァハァしてるだけです。勘違いしないように。

そうだ、こいつなら契約できるんじゃないか？　そう思って体を起こして座り、リュックからギースさんにもらった紙を引っ張り出す。広げると、文字は書いておらず三角とか丸とか図形が組み合わせたものが描かれていた。

「魔法陣っぽいな。どうやってつかうんだろ？　お前わかる？」

そう言って、紙を見せると。短い前足をチョンチョン動かして地面に置くように指示してきた。

指示されるがままに紙を置くとピョンと一番大きな丸い図形の上に乗り、今度はチョイチョイとおいでおいでと前足で催促してくる。

「わかるのか、すごいなお前」

指先を蜘蛛に寄せるとカプッと噛まれた。驚いて指を引こうとするが不思議と痛くない。そのまま数滴血が魔法陣に垂れる。すると図形が歯車が回るように動き始め、丸だとか三角が新しい図形を描いたと思うと、子蜘蛛に吸い込まれるように収束していき。紙はなにも書かれてないかのように白紙になった。子蜘蛛は一仕事終えましたぜ、とでもいうかのように伸びをしてピョンと僕の頭に乗った。

「これで契約できたのか？」

頭の子蜘蛛に聞いてみると。

（タブン、デキタ）

と頭の前頭葉あたりに声が響く、小さな子供の声だった。

「今の声お前か？」

（ソウ、ヨロシク。マスター）

「アハハ、すごいな。さすが異世界だ。よし！　名前つけないとな。なぁどんな名前がいい？」

（ナンデモイイ）

「なんでもってのが一番困るんだぞ……そうだなぁ」

そういやさっきなんかに似てるって考えたよな、そうだ大福だ。

「よし、じゃあフクってのはどうだ？　大福のフクだ」

（フク、ワカッタ。ボクハフク）

「おお、よろしくなフクちゃん。ボクってことは男の子か？」

（ワカラナイ）

「アッハッハ。そうかわからないかー」

なんだか無性に楽しい、体はボロボロで疲れ切って座り込んでいるのにハイテンションだ。

思えば、昨日から泣いたり、崖から落ちて叫んだり、必死で走ったり。すごい全力だな、でもそれが楽しい。生きてるって感じだ。

さぁ、一休みしたら森をでなくちゃな。待ってろよファス。

◆◆◆

森の前で紙巻煙草を吸いながらあの小僧を待つ。

「フゥ、……ダメだったか」

甲冑姿では目立つので、目立たないように変装した姿で馬車の前でため息をつく、ポイズンスパイダーを持ってくるというのは新米騎士が肝試しにするもので、俺も初めて騎士団に入った時はやったものだ。

従魔の契約紙を持たせてはいるが、契約できるかはどっこいどっこいだろう。大事なのはあいつが言われたことを理不尽だと思いながらもできるかどうかだ。ようは学ぶ姿勢ってやつがあるかどうかだ。ポイズンスパイダーの巣は森の至る所にあるしすぐにでも見つけることはできるはずだ。つまりそれができないってことはやる気がないってことだ。

あるいは逃げたか、まぁそれもありだが。

太陽は傾きを増しもう半刻ほどで完全に日は沈むだろう。森から誰かが出る気配はない。

……あの黒髪の小僧を中庭で見た時は正直驚いた。

昔死んだ弟に似ていたのだ。無論髪の色も肌の色も違うが、どことなく雰囲気というか表情が弟に似ていた。弟は騎士に憧れよく騎士団のパレードに俺を誘った。結局弟は流行り病であっけなく死んで、俺はなんの因果か騎士団に入った。

俺は、弟に騎士として鍛えた技を教えてやりたかったのかもしれない。それで『すごいよ、兄さん』なんて言われたかったのかもしれない。

「……女々しすぎる」

いい年して何を考えているんだか。しかし、小僧に興味を持った理由は他にもある。

中庭で見た小僧の目は死んでいた。生きることを諦めたようなそんな濁った目だった。騎士になる前から何度も見た敗者の目をしていた。こいつはダメだと思った。だが、力試しで相対した時、構えた小僧の心の奥底に微かな闘志を感じた。体で覚えているとでも言うようなその構えは実に自然であり、相応の年月を武に捧げていたことがわかる。目は濁っているが、その指先や重心の置き方からは生きる為に戦う備えができていた。自分でも自覚していないほどの今にも消えそうな抵抗の意思。まるで傷ついた鳥が懸命にばたついているような物言わぬ必死の訴えだった。それがあまりにも弱っちそうなもんだから、少しくらい手を貸してやってもいいかと、そう思ってしまった。

森の入り口を見るが小僧の姿はまだ見えない。ため息をついて紙巻煙草をもみ消し、木に結んでいた手綱をほどく、帰り支度をしなけりゃならない。

不意に後ろから「おーい」という声が聞こえて振り向くと、あの小僧がフラフラになりながら森からでてきた。なんであんなボロボロなんだあいつ、しかも上半身裸だし。だがまぁ、帰ってきたものは仕方ない。あの小僧はしっかり俺が鍛えてやろう。思わず出そうになる笑みをかみ殺して、

「遅いぞ‼　何やってた‼」

そう叫んだ。

◆◆◆

捻った足が限界を迎え、拾った木の枝を添え木にしてなんとか森から脱出した。フクちゃんのナビゲートがなければ時間通りに戻るのはもちろん生きて森からでることすら困難だったに違いない。

「うおおお、でられた。フクちゃんありがとう！」

（マスター、ガンバッタ）

生まれて数時間なのにこの気遣いである。フクちゃん恐ろしい子。

「遅いぞ!!　何やってた!!」

ギースさんが叫んでくる。いや、確かにギリギリだけど少しは労ってもらいたいもんだ。

「すいません。巣は見つけたんですけどポイズンスパイダーが見当たらなくて、でもなんとか契約できましたよ。紹介します。フクちゃんです」

頭に乗っているフクちゃんを指さす。

「見当たらない？　そんなはずは、というかこの蜘蛛は本当にポイズンスパイダーなのか？」

「……親蜘蛛は体長三メートルくらいで緑と黄色の斑模様に角がありました」

「オウガ・スパイダーじゃねぇか!!　中級冒険者の壁と言われる魔物だぞ」

「死ぬかと思いました。もうボロボロです。そんな化け物がいるところにいきなり放り込まないでくださいよ」

「馬鹿野郎！　本来は森の深部にいるはずの魔物だ。なんでこんな浅いところに来てんだ。……オウガ・スパイダーはなんでもかんでも喰っちまう、ポイズンスパイダーが見当たらなかったのはオウガ・スパイダーから逃げてたんだろう。お前よく生きて帰ったな」

いやぁそれは。

「運が良かった……だ……け……」

そこで限界を迎えてしまい。僕はまた（一回目はギースに吹っ飛ばされてだが）気絶した。

◆◆◆

あぁ柔らかい、寝心地のいい枕だなぁ。そんなことを思いながら少しずつ意識が覚醒する。

「大丈夫ですかご主人様」

目を開けると、綺麗な瞳がこちらを覗き込んでいた。

「ファスか、なんかいつも膝枕されてるな僕」

さすがに二回目ということもあって、取り乱さずに体を起こす。

「えーと、僕は確か森を出たところで気を失って……」

「はい、あの男がボロボロのご主人様を担いで、この部屋にやってきたときは息が止まるかと思いました」

「悪かった。いろいろあってな。あっ、そういやフクちゃんは？」

（マスター、オハヨー）

もぞもぞと服のズボンから出てきて（どこに入ってたんだ）、フクちゃんがピョンと手に乗ってくる。というか僕上半身裸じゃん。

「これは……この子の声？」

ファスが頭を押さえている。

「ファスも聞こえるのか、紹介するよ。フクちゃんだ」

（フクデス。ヨロシクー）

「【念話】ができるのですか。かなり高位の魔物しか使えないとされるスキルのはずですが」

「聞いて驚け、オウガ・スパイダーっていう蜘蛛の魔物だ」

（エッヘン）

一人と一匹でドヤ顔をしてみる。

「えと、オウガ・スパイダーとは色も特徴も違うと思いますが」

「そうなんだよな、でも実際、オウガ・スパイダーから生まれるのを見てたしなぁ」

「あの、ご主人様。森で何があったか詳しくお聞きしてもよろしいでしょうか？」

「ああ、なかなかすごい経験をしたぞ」

森に入ってから、何があったかを詳しくファスに話す。ファスはあいかわらず聞き上手で森から脱出するところまで話した。

「……というわけで、最後はフクちゃんに案内してもらって脱出したわけだ」

「なるほど、ご主人様無茶をしすぎです。気を付けてください」

ジト目で小言をくらってしまった。

「はい、すいません」

「その件についてはあとで話すとして。確かにこの子はオウガ・スパイダーの卵から生まれたのですね？」

「だと思うけど、そうだ鑑定しよう」

えっと、荷物は……。部屋を見渡すと、ファスが鑑定紙を差し出してくる。

「鑑定紙ならこちらです。ご主人様が運ばれてきた時、あの男がそれは持っていろと」

「持ってることとバレちゃったな。まぁギースさんならいいいか」

というわけで対象をフクちゃんにして鑑定をしてみる。

名前：フク
クラス▼
【オリジン・スパイダーLV．1】
スキル▼
【捕食】▼
【大食LV．1】
【蜘蛛】▼
【毒牙LV．1】【蜘蛛糸LV．1】
【原初】▼

【自在進化LV．1】【念話LV．1】


つ、強そう。というかなんだオリジン・スパイダーって。ここはファス先生に聞いてみよう。

ファスに鑑定紙を見せると。しばらく読み込んだ後にショボンとしてこう言ってきた。

「も、申し訳ありません。オリジン・スパイダーというのは私も知りません。ただ魔物というものは時折、親とは違う、強力な存在が生まれてくることがあるそうです。有名なところでは、ゴブリン・キング、オーク・キングなどの魔王種です。おそらくはこの子もそういった特別な魔物ではないでしょうか？」

昔やっていた。ゲームでも「原初の竜」みたいな名前のボスキャラいたなぁ。どうやらフクちゃんはかなり心強い味方になりそうだ。

（マスター、オナカ、ヘッタ）

……多分。

「そういや僕も腹減ったな」

そういや朝から何も食べてないじゃないか。腹も減るわけだ。

「ご主人様が寝ている間に給仕が食事を運んできてはいるのですが……」

まぁ毒入りだからな。フクちゃんはポイズンスパイダーじゃないし。

ファスがドアの前に置かれたご飯を持ってきた。パンと水差し、そして豆と肉の切れ端が入ったスープか。ちゃんと二人分ある。

「ギースさんが言うにはこれは毒入りなわけだが、フクちゃんなんとかなる？」

（ガンバル）

フクちゃんはその赤い眼をクリクリと動かしてパンとスープを少しずつ齧り、停止した。

「ふ、フクちゃん。大丈夫か？　即効性の毒ではないらしいけど」

いや、それともモンスターには有毒なのか。

「だめだったらペッてしてもよいですよ」

ファスも心配そうに見ている。フクちゃんはそのまま停止していたが。こちらに向き直り。

（ダイジョウブニナルモノ、ツクッテタ）

と言って、僕の腕に飛び乗り牙を突き立てた。ちなみに全然痛くない。

「ご主人様！」

「大丈夫だファス、落ち着け」

フクちゃんはそのまま牙から何かを流し込んでいた。

（コレデダイジョウブ、ツギハ、ファス）

そのままファスにも飛び移る。

「キャ、あ、あの私は呪われているから、その」

（モンダイナイ）

そして腕にある鱗の生えてない部分に牙を突き立て何かを流し込んだ。

（オナカ、ヘッタ。ゴハンタベテクル）

「このスープ食べればいいんじゃないか、ほら」

（マスターガ、タベテ。ボクハ、カリスル）

スープを差し出したが、フルフルと首（上半身と言えばいいのか？）を振り。格子をはめられた窓から飛び出ていった。

「狩りって、大丈夫か？　……とりあえず食べるか」

食べようとするとファスが手で制してくる。

「まず私が毒見を」

「即効性の毒じゃないから意味ないと思うぞ」

「もしものことがあります。毒見は奴隷の仕事ですから」

そう言ってムグムグとパンとスープを少しずつ食べて、異常がないことを確認していた。必死にムグムグと口を動かすファスが可愛い。

一応鑑定紙でファスを見てみるが異常はなかったので、やっとこさ自分の分の晩御飯を食べる。腹が減っていたので夢中で食べると、悲しいかな一瞬でなくなってしまった。

「あの、ご主人様これもどうぞ」

ファスがパンを差し出してくる。みるとスープもほとんど食べてない。

「それはファスの分だ。しっかり食べるべきだ。なんせこれからやらなきゃならないことがあるしな」

【吸呪】を少しでも進めたほうがいいだろう。目標としては一カ月後まではまともに動けるようになってないと脱出は厳しいだろう。

「‼　それはつまり。昼間言っていたことは本気だと？　……わかりました。私、嬉しいです」

　ファスは最初は狼狽していたが、覚悟を決めた目で僕を見つめてきた。そうかやっと【吸呪】させてくれるか。

「意識してやるのは初めてだ。どうなるかわからん。だが精一杯頑張るからな」

「わ、私も初めてです。あのこんな酷い体と見た目ですし、ご主人様がご不快になるかと思いますが」

「なに言っているんだファス。僕は本当に君に感謝しているし。救われているんだ。不快になるなんてありえない。まかせてくれ、上手くやってみせる」

「は、はい」

　そんな会話があって、ファスはパンとスープを食べてくれた。ただもともと食が細いのか全ては食べられないようだったので、余りは僕が食べた。なんでも食べすぎると体がダルくなってしまうらしい。呪いが解ければたくさん食べるようになるのかな。

「さぁファス、ベッドに腰かけてくれ」

「ま、待ってください。まずは体を清めましょう。ほら、体を拭く為の布です。えと水は水甕の水を……」

　明らかに緊張した様子のファスが可愛くて思わず笑ってしまう。

「わ、笑わないでください。だってそんなふうに扱われることなんて私の人生でなかったし、来るとも思わなかったから……ほら、ご主人様こちらへ来てください。体をお拭きします」

「いや、自分でできるよ」

さすがに少し恥ずかしい。さっきまでずっと上半身裸だったわけだけど。

「これも私の仕事ですから、それとも、こんな呪われた者に体を拭かせたくないと？　それならそうと言ってください」

目元をボロ布で隠してそんなことを言う。

「そんなこと思わないから!!　よし思う存分拭いてくれ」

「フフ、えぇ。拭かせていただきます」

おっ、今のは冗談だったのか、鱗で表情の変化はわかりづらいが確かに笑っていた。いい傾向だな。ファスとの距離が近づいた気がする。

ファスは丁寧に体を拭いてくれた。贅沢を言えば風呂に入りたいが、なんて言うかこれはこれでよいものだ。

「次は、私ですね。あの恥ずかしいので向こうを向いてくださいますか」

「お、おう」

手伝おうかと言おうと思ったがそう言われてしまってはどうしようもない。ファスはたっぷり時間をかけて体を拭いていた。

まぁ【吸呪】の過程で見られることもあるかもしれないからな。女の子としては気になるんだろう。

そして、体を拭き終わり制服を着たファスと向かい合う。

「じゃあ、始めるぞ」

「は、はい。不束者ですがよろしくお願いします」

「そう緊張するな、大丈夫だ。必ず呪いを解いてみせる」

「えっ？」

「んっ？」

ファスが驚いた顔でこっちを見てきた。と同時にワナワナと震え始める。というか、な、泣いてる⁉

「の、呪い。私なんて勘違いを」

「ファス、大丈夫か、どうした？」

ファスはまたボロ布を掴んで部屋の隅にまるまって防御体勢を取り始めた。

「ファ、ファス？」

「私、その、ご主人様とするのかと思って」

最後の方は小さくてほとんど消え入りそうな声だった。

……『バリバリ抱けますけど』と昼間ギースに言った台詞が頭の中を回る。

えーと、僕もしかしてやらかした？

「いいんです。わかってます。こんな醜い女を抱きたい男なんていないわけがないんです。わかっていたのにご主人様が優しいから……」

あーもう‼　こうなったらやるしかない‼

「ファス、こっちを向け」

くるまった布から顔をだしたファスの頭に手を添えて生まれて初めてのキスをした。触れるだけのキスなのに心臓が飛び出るほど緊張する。唇を離し、その深緑の目を見つめる。き、嫌われないよな？　ファスは信じられないとでも言うように口元を押さえていた。でも怒っているようではなさそうだ。

「ファス。よく聞け、確かにさっきは勘違いだったけど、昼間ファスを抱けると言ったのは嘘じゃない。もし仮にファスの呪いが解けなくてそのままの姿でも僕は君を……抱きたいとか思ったり、いや、これは僕の性癖が異常というわけじゃなくて、なんていうか僕は君が本当に綺麗だと思っ、ッツぐうううううう」

なんか必死に言い訳していると、体の芯から焼けるような痛みが襲ってくる。キスで【吸呪】が発動した結果だろう。

「ご主人様！　大丈夫ですか？」

「大……丈夫」

一回目の時と質の違う痛みだったが、細く長い呼吸を心がけて時間が過ぎるのを待つ。

前の時よりもはるかに長い、いつ終わるのかわからない痛みの中ファスはずっと僕に声をかけ背中を撫で続けてくれていた。

◆◆◆

「やっと、落ち着いたか……」

（ダイジョウブ？　マスター）

どうやら意識を失っていたらしい。窓から見える空は少し明るくなっていた。いつの間にか戻ってきたフクちゃんを撫でる。そしてこの感触は案の定膝枕だった。

「悪いなファス」

そういって起き上がろうとすると、ポタリと雫が落ちてくる。ファスが泣いていた。

その顔には鱗はほとんど無かった。年相応の、というか美しい女性の顔だった。鼻筋がしっかりと通っていてその深緑の瞳によく合う。痩せているせいか頬は少しこけているように見え、その頭には鱗はほとんどなくなっていたが髪も生えていない、それでもなお美しいと感じさせる造形がそこにあった。

「なんだファス、べッピンさんだったのか。醜くなんてないぞ」

まだ少し朦朧とする意識の中手を持ち上げてすべすべした頬を撫でる。

ファスは声をあげて泣いた。初めて会った夜の僕のように。

たくさん泣いて疲れたのか（というか僕の看病のせいか？）僕にしがみついて泣くうちにファスは眠ってしまった。鑑定紙を当てて、状況を確認してみる。

名前：ファス
性別：女性　年齢：16
状態

【専属奴隷】▼

【?・?・?】【?・?・?】【?・?・?】

【竜の呪い（侵食度62）】▼

【スキル封印】【クラス封印】【】【忌避】

ヨシッ、【難病】が消えてる。この調子なら完治させることもそう長くはかからないだろう。

ついでに僕も見てみるか。

名前：吉井　真也（よしい　しんや）

性別：男性　年齢：16

クラス▼

【拳士LV．2】

【愚道者LV．4】

スキル▼

【拳士】▼

【拳骨LV．2】【掴むLV．2】【ふんばりLV．2】

【愚道者】▼

【全武器装備不可ＬＶ．１００】【耐性経験値増加ＬＶ．４】【クラス経験値増加ＬＶ．２】

【吸呪ＬＶ．７】【自己解呪ＬＶ．６】【自己快癒ＬＶ．３】


愚道者のスキルがいくつかレベルアップしてるのと【自己快癒】ってのが追加されてるな、快癒ってことは病気とか怪我が治るってことか？　あるいは毒に対しての耐性なのかもしれない。

しかし、自分の状態が数字で見られるってのは便利だなー。

（マスター、ボクモ）

「んっ？　フクちゃんもか？　別にいいけど」

特に変わってないと思うが、いや毒の件でなんか変わってるかもな。

名前：フク
クラス▼
【オリジン・スパイダーＬＶ．７】
スキル▼
【捕食】▼
【大食ＬＶ．５】【簒奪ＬＶ．４】
【蜘蛛】▼
【毒牙ＬＶ．６】【蜘蛛糸ＬＶ．２】【薬毒生成ＬＶ．３】

【原初】▼
【自在進化LV．2】【念話LV．1】

よね？

（エッヘン）

……なにこれ？　めっちゃレベル上がってるんですけど。えっ？　まだ昨日生まれたばかりです
よね？

どこで経験値稼いだの？　まさか……。

「ふ、フクちゃんさん？　あの、人間とか食べてないですよね？　ダメだよ食べたら」

（タベテナイ、ワカッタ。ニンゲンハタベナイ）

よかった。マジでよかった。となるとなにしたんだ？　確か狩りに行くって言っていたよな。

「フクちゃん、狩りってなにを狩ったの？」

（イロイロ）

うん、もう聞くのやめよう。なんか怖くなってきた。とりあえずフクちゃんのフワフワの毛を撫でて気持ちを和らげよう。

やることがないので、ファスを起こさないように注意しながら型稽古をすることにした。

といっても基本的に相手がいて成立する型ばかりなので一人でやってもいまいち練習にならない気もするが、とりあえず相手がいる想定で、片手取りからの呼吸法、四方投げ、一教、入り身投げの型のさわりだけやる。【ふんばり】を併用して体幹を意識しながらゆっくりと体を動かす。多分傍

からみたら太極拳みたいに見えるだろう。

それが終わったら、打ち技（打撃技）として横面打ち、正面打ち、送り突き、迎え突き、とした後に体捌きをする、体の軸を意識して体を開くように下がったり、前にでたりする。【ふんばり】の恩恵は大きく明らかに動きやすくメリハリをつけて動ける。

面白いのかフクちゃんが真似するように前後に動いていて思わず笑ってしまった。

「いいぞ、フクちゃん。入り身のコツはまっすぐ進むように見せかけて斜めに少しだけ進むんだ。敵をギリギリまで引き付けて動くと錯覚させやすいぞ」

（コンナカンジ？）

八本ある足を器用に使って、僕の入り身を再現していた。フクちゃん……恐ろしい子！

「私にも、教えてもらえますか？」

横から声が聞こえる。どうやらファスを起こしてしまったようだ。

「おっと、起こしちゃったか。悪いな」

「いえ、しばらく前から起きて見ていましたから。ご主人様は武芸を嗜んでおられたのですね」

「才能はなかったけどな、実戦で使えるレベルじゃないし」

「いえ、美しい動きでした」

そう言われたら照れる。お世辞だとは思うが爺ちゃんからもらったものだからな。

「ありがとう。まずは受け身からだな。ファスが慣れたら型稽古ができるだろうし、そうなったらいいいな」

「はい、実は体の調子がすごくよくって、運動がしたい気持ちなんです。こんな気持ち初めてです」

その台詞は少し危険だからやめてくれ。まずはベッドをつかって後ろ受け身を教えようとすると、控えめにドアがノックされる。ファスがボロ布をまとって顔も見えないようにし、フクちゃんもどこかへ隠れる。

「お食事です。食事が終わったら、騎士団長による稽古があるのでなるべく早く食べて準備してください。替えの服はこちらになります」

そう言って食事を置くとすぐに出て行った。うーん、会話聞かれたかな？　大丈夫だといいが。

「これからは誰かが聞いてないか注意しないとな」

「そうですね、気を付けたほうがいいでしょう。すみません、はしゃいでしまって」

それは仕方ないだろう、というか鑑定の結果を知らないのか。そう思って鑑定の結果を教えると。

「……本当に、なんと言ったらよいか。この恩は忘れません。必ず、必ずお返しします」

とか言って土下座し始めたのでなんとか頭をあげさせる。恩を返したいのはこっちなんだけどな。

とかやっていたら、どこからかフクちゃんが出てきた。

(イト、タクサンオイテキタ、ケイカイ、マカセテ)

どうやらこの短時間に、自分の糸を張って誰かが来たらわかるようにしてくれたらしい。優秀すぎる。

◆◆◆

とりあえず、朝ご飯を食べる、ファスは今回は全部食べることができていた。というか少しもの足りないようだった。僕のパンを差し出すが断固拒否された。呪いの影響が和らいで食欲が増しているのだろうか、ここから脱出できたらおいしいものを食べに行きたいもんだ。もちろんフクちゃんも一緒に。

食べ終わってしばらくすると、フクちゃんが警告をしてくれた。ファスが顔が見えないように深くボロ布をまとう。どうやら給仕が来たらしい。

「ヨシイ様、練武場で騎士団長様がお待ちです。お皿はそのままにしておいてください、別の者がとりにきますから、ではついてきてください。案内します」

「あの、私もついで行っていいですか？」

ファスがダミ声で質問した。喉が治ったことは知られないほうが良いからだろう。

「呪われ者が屋敷を歩けるとでも？」

心底汚らわしいとでも言うようなその言い方にカチンと来たが、ファスが目で制止してきたので留まる。

「……申し訳ありませんでした」

ファスはそう言って深く頭を下げた。給仕は一瞥もくれず「こちらへ」と案内を続けた。ファスに「行ってくる」と言い。給仕について行った。殴ってやろうかコイツ。

牢屋（のような部屋）がある建物からでてしばらく歩くと運動場のような場所に着いた。どうやらここが練武場のようだ。道場みたいなもんかと思っていたけど違うんだな。

「なにをしている！　このクソが！　さっさとこっちへ来い」

不意に大声で怒鳴られる。ギースさんが叫んでいた。走って向かうと一発顔を殴られた。

親父にも殴られたことないのに（親がいなかったので当たり前だが）、とかつい頭に浮かんでしまう。ただ、頬を掠めるように殴られたので、見かけよりは痛くない。

「貴様なんぞのために、俺の時間が消費されているのがわからないのか、このクソが、忌々しい役立たずが！」

と言って、今度は腹を殴ってくる。

『悪いな、これを見ている奴がいるもんでな、この調子でやらせてもらう』

殴るときの体勢を利用してそう囁いてきた。そう思うならもう少し手加減して殴ってください。

強かに腹パンされてうずくまる僕の前に小手と脛当てが投げられる。

「それをつけろ、……さっさとしろ日が暮れるぞ!!」

言われるがままに小手と脛当てを着ける。西洋のものではなくどちらかと言うと日本で言うところの具足のような形状で簡単にはめると自動でサイズが調整された。おぉスゴイ。ていうか重い重い。

装備した瞬間、急に重くなりまともに動けない。

「なにボサっとしてるんだ？　さっさと走れ」

「えっ？」

思わずそう漏らすと、また一発殴られた。

「走れと言ってるんだ!!　ここの外周を日が暮れるまで走り続けろ!!　早くしろ生きる価値もない

クズが‼」

そう言われて、必死で立ち上がり。ほとんど歩くような速度でノロノロと走り始める。

「遅い‼　歩いているのか？　その足へし折るぞ‼」

そう檄を飛ばされて、必死に速度を上げようとするがいかんせん手足の具足が重すぎて思うように動けない。

結果、散々怒鳴られ、周囲の騎士だとかその他の人間に笑われながら動けなくなるまで、動けなくなっても無理やり立たされ、走らされた。いや、少し厳しすぎやしませんかね？

立つことはおろか、具足を自力で外すこともできなくなるほど走らされた。最終的にはぶっ倒れて気絶したらしい。水をぶっかけられて起きたけど。

明日も走らせるぞ、と倒れた状態でギースさんに声をかけられなんとか「ありがとうございました」というのが精いっぱいだった。稽古終わりはこれを言わないとな。

その後は給仕の人に具足を外してもらい、最後の気力を振り絞って牢屋に戻ってきた。

ドアを開けそのまま倒れこむ。あぁ床が硬いなぁ。

給仕がいるからか、ボロ布に深くくるまったファスが駆け寄ってきた。ガチャリと鍵が掛けられ足音が遠のく。

（モウダレモイナイヨ）

「ご主人様、大丈夫ですか‼　やはりあの男がご主人様を無き者にしようと、……許せません」

（コロス？）

「いや、稽古だからね。多分。フクちゃん狩っちゃだめだからな」

というか返り討ちにされたらどうするんだ。

「まずは体をお拭きします」

その後は抵抗する間もなく服を脱がされ（恥ずかしがる気力もない）全身しっかりと拭かれ用意された服に着替えさせられベッドに運ばれたうえにご飯まで食べさせてもらった。完全に介護である。

「悪いなファス、なにからなにまで」

「いいえ、私はご主人様の奴隷ですから」

（マスター、ダイジョブ？）

「大丈夫だぞ、ほらおいで」

枕もとで心配そうにウロウロしていた、フクちゃんを抱き寄せフワフワの毛を撫でる。あぁ癒される。

「……（ジー）」

無言でファスが見てくる。これは撫でろってことか？　ゆっくりとボロ布を脱がし（頭部分だけね）ファスを撫でる。シャワシャワしてる。髪の毛が生えてきているのか。

「あ、あの、ご主人様」

「……あー、悪い。撫でられたそうにしてるのかと思ってな、違ったか」

「えと、その、違いません」

最後は消え入りそうな声で返してきた。うい奴め。

「それで、あのご主人様。呪いのことなのですが」

「あぁ、大丈夫だ。【吸呪】するぞ」

正直体を起こすのも辛いが、どうせ【吸呪】したらしばらくは寝転ぶし問題はないだろう。

「待ってください。【吸呪】はもうしなくてよいと思うのです」

えっ？　なんで。ポカーンとしているとファスは話を続けた。

「あのご主人様、私の顔を改めて見て気づくことはありませんか？」

「可愛いな」

「い、いやそうではなく。あの耳を見てください」

そう言い、ファスは完全にボロ布から頭を出して耳をだす。その耳は細長く尖っている。

「エルフじゃん」

思ったことがそのまま声にでてしまった。この世界にエルフという概念があるのか知らないが。

「はい、いままで鱗でおおわれて私自身知らなかったのですが、私の種族はエルフであるようです。呪われ者であるとはいえ、エルフという種族は価値があると思われます。そのことがここにいるものにばれるとどうなるかわかりません。もちろんバレないよう気を付けますが、呪いにある【忌避】があればそもそも人が寄ってこないのでより安全だと思うのです」

「なるほど、ちなみに種族って他にどんなものがあるの？　なんせこの世界のことがわからなくてな」

「はい、私が知る限りこの国では種族としては、人間、エルフ、ドワーフ、獣人、竜人、小人、巨人があります。基本的にこれら以外は魔物として扱われます。といっても血が混じることもありますし、明確に決まっているわけではありませんが」

人っぽくて意思疎通ができたら人か。多種族な世界だとそれくらいアバウトなほうがいいのかな。

「エルフがこの国にいるのはおかしいことかな？」

「珍しいとは思いますが、おかしいことではないと思います。エルフの里もありますし、少ないとはいえ都市部に行けば一定数はいるでしょう。それにこの国ではエルフが貴族として治める領地もあると本で読みました」

「奴隷としてのエルフの価値は？」

「えと、一般的にその見た目から高価であるということ以外はあまりわかりません。エルフは魔法を扱うための素質が高いので、愛玩用として以外にも魔術士としての価値もあります」

なるほど、確かにファスがエルフだとばれ、呪いが解けているとなったらどうなるかわからないな。かと言って呪いをそのままにするのもなぁ。

「ファスの言いたいことはわかった。ようは【忌避】が残っていればいいんだろ？　ならそれ以外を【吸呪】すればいいわけだ」

「そんなことが可能なのですか？」

その件に関しては当てがある。そもそも最初の【吸呪】は喋るのが辛そうだと思っていたら喉が治ったし、二回目は見た目を気にするファスをどうにかしようとキスした結果だった。

どちらも気になった部分が治っている。おそらくは【吸呪】を行使する際に無意識に優先度を決めていたのだろう。だとしたら【忌避】を残すことだって可能なはずだ。顔部分の鱗はほとんどとれているとはいえまだ手足に少し残っているし、完全に治るギリギリ手前まで治したほうがよいはずだ。その旨を伝えると。

自分の為にそこまでしなくてよいというファスと、無理やりにでも治すという僕の、少し前にやった議論がまた起こったのでお互いの妥協点を探した。

「わかりました。では少しずつご主人様の負担にならない程度に【吸呪】していくというのはどうでしょうか？」

「そうだな、それがいい。じゃあさっそく……」

「今日は休んでください!!」

怒らなくてもいいじゃないか。というわけで今日はゆっくりと寝ることにした。するとそれまで撫でられていたフクちゃんがピョンと腕からすり抜け。

（キョウノ、カリ、イッテクル）

と言って、窓から出て行った。大丈夫かな？　何をしているか気になるが、あぁダメだもう睡魔に耐えられそうにない。

「すまん、ファス。もう限界だ今日は寝るよ」

「はい、ゆっくりお休みください。私も休みます」

そう言って、ベッドに座っていたファスが床に寝転がった。いやそれはどうなの？

「ファス、一応聞くけど。どこで寝るつもりだ」

「勿論床ですが？」

当然だとでもいうように返ってきた。本当にこの子は……。

「……ファスこっちこい」

「えと、ご主人様はお疲れですし。私はまだ呪いが」

「いや、ファスが僕とベッドを使うのが嫌ならいいんだ。ただどっちにしろファスにはベッドを使ってもらう。ファスがベッドで寝て僕が床で寝るか、僕と一緒にベッドを使うかだ」

「フフ、なんですかその二択」

ファスがゆっくりとやってきてベッドの軋む音を聞いた時点で、本当に限界が来てしまい。眠りに落ちた。

◆◆◆

走りつかれた真也が深く眠りについてしばらく経った後、ファスはゆっくりと体を起こした。かつてより少し動くようになった体を慎重に移動させ、パンパンに張った真也の足を揉み始める。

(ナニシテルノ?)

いつの間にか戻り、真也の横で寝ていたフクが起きてファスに尋ねた。

「昔、私の足や手が呪いから来る病で浮腫《むく》むと、お婆さんがこうして揉んでくれました。血流を良くして回復を早めると言っていたのですが……これでよいのでしょうか?」
(スゴイ)
興味深そうにフクがファスと真也をジーっと見る。

（マスター、キモチヨサソウ）

微かに表情が緩んだ頬をフクが足先で突く。

「起こしてはいけませんよ。少しでも力になれれば良いのですが……私には何もできないから……せめてこれだけでも……」

（ボクモ、ガンバル）

月明かりの中で、手探りで必死に真也の手足をもみほぐす。次の日も頼りなさげなご主人様が立てるように祈りながら、真也の寝息がすっかり落ち着くまで按摩は続くのだった。

◆◆◆

次の日も、その次の日も、ただひたすらに走り続けた。短期間で持久力なんてつかないと思っていたが、【自己快癒】のスキルのおかげか、体が引き裂けそうな筋肉痛（もういっそ肉離れのような痛みだ）に苛まれながらも順応していった。

三日目には余裕をもって日暮れまで走れるようなった。四日目には具足の重さが増加され、丸太を引いて走らされた。靴が破れたので代わりを要求したら突っぱねられそこから裸足で走っている。五日目は丸太が増やされ、速く走るように怒鳴られ続けた。六日目には岩が載った荷台をロープで引かされた。重たく到底引けないと思ったが、【ふんばり】で地面を蹴り【掴む】でロープを引くことにより少しずつ進むことができた。さすがにこの日は気絶した。

そうして今日は七日目になる。ちなみにファスへの【吸呪】も続けてはいるが【クラス封印】

【スキル封印】を消すことはできておらず、芳しくない。こればっかりは【吸呪】のレベルを上げるしかないのかもしれない。

ファスは何もできない自分を責めているらしく、一人で牢屋にいる時は瞑想をし続けているらしい。いつか呪いが解けた時に魔力を使うクラスを解放するためだとか。フクちゃんはここ数日いつもケガをして帰ってくる。狩りの相手が強敵らしい、どんな相手か聞いてはみたが「(スコシズツ、ヨワラセテイル、モンダイナイ)」と言い詳しく話してくれなかった。

さて、見張りの給仕に連れられ練武場にやってきた。今日はなにを引かされることやら。昨日の荷台引きはかなりきつかった。全身筋肉痛でもうどこが痛いのかもよくわかってない。

「やっと来たか、お前の足は飾りなのか。いつも俺を待たせる。この場で切り落としてやろうか」

「遅れてすみませんでした!!」

「黙れ!! 誰がしゃべっていいといった!!」

このやり取りも慣れたもんだ。しばらく怒鳴られてから具足が投げつけられ無言でつける。さぁ走ろうか。

「構えろ」

はい? と聞き返すと、剣を模した鉄の棒でしばかれた。

「おいおい、これでは速すぎるか、本当に役に立たない転移者だな。帝都では勇者の転移に成功したというのになぜここにはお前のようなゴミが来てしまったんだ」

勇者が呼ばれたのか、さぞ強い能力なんだろうな。ところでその鉄の棒、本気で痛いんで叩くのやめてくれませんか？　まぁ無理だろうな。

「ほら、これなら躱せるだろ。ひどいもんだ。農民上がりの新兵だってまだお前よりは良い動きをするぞ」

　そう言って、今度はゆっくりと鉄の棒をふるう。さすがにこれは躱せるが、少しずつ速さが上がっていき。最後には躱しきれずに強《したた》かに叩かれる。

　走ることと違って、制動が求められると具足の重さが致命的になる。攻撃を見て防ごうにも、重さに引きづられて動作の切り替えができないのだ。

　一発くらうと、怒鳴られまた最初のようにゆっくりと鉄の棒が振るわれる。これを躱したり腕で防ぐ度に速度があがり叩かれるという一連の流れをひたすらに繰り返す。そのまま全身痣だらけになり動けなくなると、そこから走り込みを強制させられる。しばらく走るとまた、構えさせられさきほどの稽古が始まる。

　ギースさんはしっかりと構えてから、ゆっくりと剣を振るう。その動きはまさに型と言えるもので剣の軌道であったり体の動きをよく見ることができる。それが繰り返し少しずつ速くなる。なるほどこれはよい稽古だ。ギースさんは自分の剣技を見せることでその防ぎ方を習得させているわけだ。なかには軌道がわかってもよけづらく何度も躱し損ねる技もあった。

「こんなゆっくり振るっているのに、防げないのか。見ろ、皆がお前をみて笑っている!!」

　ギースさんがそう言うと周りの騎士は僕を指さして笑う、というより笑わなければならないらしい。だいたいそんなときはアグーだとかローブの男が見に来ているときだった。

ギースさんの型は間合いによって構えを変え、そこからフェイントを入れて技に入る。上段、中段、下段への構えに変化し足さばきで距離をつめ斬撃、突き、さらには肩から入るタックルなど様々な技を繰り出した。特に上段からのスネ打ちは間合いの妙も相まって、ゆっくり振るわれても躱せなかった。道場ではせいぜい型の中で決まり事の剣を受ける練習しかしたことがなく、実戦を想定した剣技の捌き方は習っていなかった。後悔しても遅いがそのせいで下段の変化は対応することがまったくできない。

具足の上からでも手足がはれ上がり熱を持つのがわかる。【拳骨】がなければとうに折れていただろう。

最終的には足を打たれすぎて動けなくなり倒れこんでしまい、それでその日の稽古は終わった。

「……ありがとうございました」

その後騎士団数人に担がれ牢屋に戻り、ファスの介護を受ける。

「なんてひどい、体中痣だらけです。腕と足がパンパンに膨れ上がって……すぐに冷やします」

ベッドで寝転んだ僕の手足に濡らした布を当ててくれた。あぁ気持ちいい。「あー」と思わず風呂に入ったような声がでる。

それを見ていたフクちゃんが胸にのり。決意を固めたような強い語気で話しかけてきた。

（……マスター、マッテテ、キョウコソ、シトメル）

そう言って、格子の隙間から外へ出て行った。

「まて、フクちゃん仕留めるってなんだ？」

問い詰めたいが体が動かない。ファスが布を交換しながら説明してくれた。

「ご主人様がいないときにフクちゃんと少し話したのですが、この屋敷にいる魔物。おそらくは従魔を狩ろうとしているようです」

従魔？　あー、もしかしてアグーが転移者に用意したものの中に従魔もあったのかな？

「どうやら、従魔の中に傷を癒す能力を持った魔物がいるらしく、ご主人様の為にその力を奪おうとしているようです」

「奪うって、そんなことできるのか？　というか危ないんじゃ？」

【簒奪】のスキルを使えば可能なのかもしれませんが……」

「なんで話をしたときに止めなかった？　フクちゃんはまだ生まれたばかりだぞ！」

思わず、責めるような言葉が口からでてくる。

「私がフクちゃんの立場だったら間違いなく同じことをしたからです!!」

ファスが強い声で返してきた。ポロポロと大粒の涙が零れる。

「ご主人様が毎日、疲れきってケガして帰ってきているのに、なにもしないなんて、なにもできないなんて辛いに決まっているじゃないですか。私だって、できることがあるのなら多少危険でも迷わず行います!!　なにもできない辛さは私が一番わかっています、恩を返すと誓ったのに何もできない。してあげられない悔しさをわかっているのに止められるわけがないじゃないですか!!」

ぐうの音もでない。待っている一人と一匹の気持ちをまるで考えてなかった。

「……悪かった。ファス、僕はまた自分のことだけ考えてた」

「い、いえ。すみません声を荒らげてしまって。布を替えますね」

その後はなんとなく気まずくて無言の時間が流れる。寝てしまえばよいのかもしれないが、もしかしたら今戦っているかもしれないフクちゃんのことを考えると気になって眠れない。【吸呪】をしているときに覚えた痛みを和らげる呼吸をしつつフクちゃんの帰りを待つ。ファスはベッドの横でこまめに布を替えて手足を冷やしてくれた。

何時間経ったかわからないが、窓からカサリと音がする。見ると、ボタリと黄色の体液を吹き出しながらフクちゃんが床に落ちていた。

「フクちゃん」

「きゃあああああ」

飛び起きる僕とフクちゃんを見て叫ぶファス。

「だ、大丈夫か!!」

呼びかけても反応がない。

「ど、どうすれば」

「フクちゃん、フクちゃん!!」

明らかにマズイ。微かに足が動いてはいるが体液が止まらない。どうしよう、僕のせいだ、フクちゃんのことを気にかけていれば。

「わ、わた、私が止めていれば」

ファスは過呼吸を起こしているのか胸を押さえてヒューヒューとおかしな呼吸をしていた。ファスのせいじゃないと言いたいが焦ってしまって声がでない、どうすればいい、そうだスキルだ。【吸呪】ができるのならダメージを引き受けることもできるんじゃないか？

　フクちゃんを慎重に抱き寄せ、必死に祈る。

「頼む、なんでもいい。僕が引き受けるから、お願いだから、助けさせてくれ、神様、お願いだ」

　なにも起きない、ダメかと絶望しかけるが、ドロリと目の前が赤くなる。見ればシャツも赤く染まっている。痛みがやってきて、それと同時に胸に希望が湧いてくる、より強く念じダメージを引き受けるようイメージする。あぁ、痛い。ありがたい。僕が引き受けるから、どうかもう、死なないで。

「ご主人様!?」

「大丈夫だ、ファス。大丈夫だ」

　そのままフクちゃんを胸に抱き続ける。ワシワシと足が動き始めた。黄色の体液はもう出ていない。

「フクちゃん、返事してくれ」

（……マスター？　ボク、ナオス、チカラ、モッテキタ……エッヘン）

　フクちゃんの念話が聞こえる。あぁよかったと安心した瞬間に意識が暗転しそうになる。しかしもう慣れたものだ。

「ご主人様、あぁこんなに血が」

（マスター、チガデテル、ナンデ？　ボク、ノセイ？）

　意識が完全に飛ぶ前にこれだけは伝えなくては。

「……二人とも、心配しないでいい。多分大丈夫だ。だから自分を責めないでくれ。お願いだ」

まぁ数分前に自分を責めていた人間がなに言ってんだとも思うが、自分のことは棚にあげとこう。

◆◆◆

目を開けると全身泡だらけになっていた。

なにを言っているのかわからないと思うが、僕も何が起こっているかわからない。シーツを床に敷きその上で寝かされているらしい。わずかに青みがかった泡が顔以外を覆っている。

そして安定の膝枕だ、ファスと目が合う。

「ご主人様、おはようございます。お身体は大丈夫ですか？」

（マスター、オハヨー、カラダイタクナイ？）

「うん、おはよう。それで、なんで僕は泡まみれになってるの？　体は……あれ？　痛くない」

フクちゃんから引き受けたダメージもここ数日の筋肉痛もまったくない。それどころか体が軽い。

（ナオス、アワダヨ）

そう言いながら、フクちゃんが蟹のように泡を吹いていた。なんだか初めて会った森での卵を思い出すな。

「話を聞いたうえでの推測ですがヒールサーペントという蛇の魔物が持つ特性をフクちゃんが【簒奪】を使って自分のものにしたようです。ヒールサーペントは大きな蛇の魔物で傷を治す粘液を出すことができると本で読んだことがあります」

「フクちゃんがそれを使うと泡が出るのか。ありがとうフクちゃん、おかげですごく調子がいいぞ」

もう少し膝枕で寝ていたいが、体内時計によるとそろそろ給仕がくる時間だ。さすがにこのままでは不味いだろう。

体を起こすと、ファスが身体を拭いてくれた。あまりに手際がよいのでされるがままに……。あれ？　下がスースーするんですけど。

「真っ裸かよ!!」

上半身はもちろん、下も何も穿いてなかった。慌てて、隠そうとする。

「フクちゃん、縛ってください」

(アイアイサー)

細い糸が手足に巻きついて身動きができなくなる。ちょ、全然動けないんですけど。なんという強度……フクちゃん恐ろしい子。

「やーめーてー」

「観念してください、はい綺麗になりました。この泡には体を清潔に保つ効果もあるようです」

(エッヘン)

結局体を余す所なく拭かれた後に解放され、さすがに着替えだけは自分でやった。もうお婿にいけない。

一息ついて、給仕が朝ご飯を運ぶまで暇なのでフクちゃんを鑑定してみる。あとダメージの肩代わりのスキルを確認するために自分も鑑定してみようか。まずはフクちゃんから。

名前：フク
クラス▼
【オリジン・スパイダーＬＶ．18】
スキル▼
【捕食】▼
【大食ＬＶ．11】【簒奪ＬＶ．13】
【蜘蛛】▼
【毒牙ＬＶ．15】【蜘蛛糸ＬＶ．16】【薬毒生成ＬＶ．8】【回復泡ＬＶ．5】
【原初】▼
【自在進化ＬＶ．5】【念話ＬＶ．3】【戦闘形態ＬＶ．1】

ＬＶ．18だと!?　前回と比べると十一レベルも上がっているのか。

新しいスキルは【回復泡】と【戦闘形態】か、【回復泡】はさっきの青みがかった泡だよな。

「フクちゃん、すごいぞ」

「これは、本当にすごいです。やはりフクちゃんは突然変異で生まれた上位種の魔物のようですね」

（エッヘン）

僕とファスに褒められて嬉しいのかピョンピョン跳ねている。体はすっかり元気なようでよかった。

「ところでフクちゃん【戦闘形態】ってなんだ？」

（チョットオッキクナル）

そう言うと、フクちゃんの体が変化した。両手ですっぽり覆えるサイズから六十センチほどに。

ただ体だけ大きくなるのではなく、牙も鋭くなり脚も大きくなっている、足先は爪で覆われて鋭い。

なにそれカッコイイ。

「おお、カッコイイぞフクちゃん。強そうだ」

「見たことない形ですね、オウガ・スパイダーとも違うようです」

（ツカレルカラ、モドル）

すぐにシュルシュルと小さくなっていつもの可愛いフクちゃんに戻った。うん、さっきの形もいいがやっぱりこっちの方がしっくりくるな。

次に自分を鑑定してみる。

名前：吉井　真也　（よしい　しんや）
性別：男性　年齢：16
クラス▼
【拳士LV．8】
【愚道者LV．11】

スキル▼
【拳士】▼
【拳骨LV．6】【掴むLV．5】【ふんばりLV．6】
【愚道者】▼
【全武器装備不可LV．100】【耐性経験値増加LV．5】【クラス経験値増加LV．4】
【吸呪LV．8】【吸傷LV．5】【自己解呪LV．9】【自己快癒LV．9】

鍛錬でもレベルは上がるのか、まぁあれだけ鍛えて変化がないと凹むが。

【吸傷】ってのが新しく追加されているな、だんだん愚道者がどういったクラスなのかわかってきた感じだ。

「まぁ、思った通りだな、最後にファスも見てみるか」

「はい」

名前：ファス
性別：女性　年齢：16
状態

【専属奴隷】▼
【経験値共有】【?・?・?】【?・?・?】
【竜の呪い（侵食度49）】▼
【ス※ル封※】【クラス封印】【】【忌避】

「おっ、見ろファス。【スキル封印】がもう少しで解けそうだぞ」

「あ、ありがとうございます。経験値共有は文字通り経験値を一部共有できるスキルです。現状ではあまり意味がありませんが、きっといつかクラスを解放してお役に立って見せます」

胸の前で両の手を握りフンスと鼻息荒く気合を入れている。

「ああ、その時は頼む」

「はい、必ず」

そうこうしているうちに給仕がやってきて。そのまま朝食を食べて、練武場に案内された。

フッフッフ。今日の僕は絶好調だ、なんでもかかってこい。

なんて余裕をこいてると、調子が良いのがわかったのか昨日の比ではないくらい鉄の棒で叩かれまくった。なるほど、昨日はあれでも手加減してくれてたのね。

「おい、同じことばかり退屈だろ？　ちょっと面白いもん見せてやるよ」

「えっ？」

全身を叩かれて、フラフラになっているときにギースさんにそう言われた。ギースさんは少し遠めの間合いで剣を担いだ。

警戒して両手を中段に置き構える。ただ踏み込むにしても距離が遠い。一体何をするつもりだ？

「オラァ!!　【空刃】」

魔○剣じゃん。と呑気にも思ってしまった。某有名ゲームの技を思い起こさせるそれは、ファンタジーではお約束ではあるが、いざ目の前で使われると強力かつ圧倒的な性能を誇る『飛ぶ斬撃』だった。

空間を蜃気楼のように歪ませながら斬撃が飛んでくる。

初見で躱せるかこんなん!!

【ふんばり】と【拳骨】を魔力マシマシで発動するが衝撃を受け止めきれず盛大に弾き飛ばされる。

「今のが真剣だったら、腕ごと真っ二つだな」

「……でしょうね、受けもへったくれもないです。あんなのされたら格闘術なんて意味がな……へブッ」

愚痴を言い終わる前に、棒で顔をひっぱたかれる。

「だったら死ぬか？」

ギースさんがこの技を見せた意味なんてわかりきっている。

「すみません、もう一回さっきのお願いします」

「じゃあ、とっとと立てこの野郎!!　【疾風刃】」

「さっきと違うじゃん!!　ゲブゥ」

今度は横切りの『飛ぶ斬撃』だった。為す術なく直撃し、毒入り豆スープをリバースしてしまった。

結局その後は、手合わせの稽古に『飛ぶ斬撃』を織り交ぜられて対処のしようがなく。もはや定跡も間合いもあったもんじゃない異世界の洗礼を受け、二日連続で騎士たちに運ばれる羽目になった。

◆◆◆

「はい、それでは『第一回。飛ぶ斬撃をかわそう』会議を始めます」

フクちゃんの泡にくるまれてから全身拭かれるという介護を受けて、その後ご飯を食べて二人（めんどくさいのでフクちゃんも一人とカウントします）に呼びかけた。

「ええと、はい。頑張ります」

（オー）

いまいちわかってない二人にギースさんに何をされたかを説明する。

「……というわけで、マジでどうにかしないと死ぬ」

「うーん、ご主人様。何度か攻撃を受けて他に気付いたことはないですか？」

「気づいたことか、まぁわかりやすいところでは『飛ぶ斬撃』を出すときは技名を叫んでたな」

【空刃】【疾風刃】だっけ？　他にもあった気がするが、覚えてないな。

「えと、ご主人様の持つスキルは常時発動していて強弱を調整できる、いわゆるパッシブタイプのスキルですが、意識して発動させるアクティブタイプのスキルは原則スキル名を言う必要がありま す。魔術になるとさらに複雑な詠唱が必要になりますので時間もよりかかります。もちろん例外もあるようですが」

「技名を叫ぶ時間がかかるってわけか、確かに欠点だな」

（ボク、ワザノナマエ、イワナイヨ？）

「魔物は技名を言いませんが独特のタメや鳴き声があるらしいです」

（ナルホドー）

可愛いのでフクちゃんを膝に乗せてなでなでする。フワフワの柔らかい毛の感触が心地よい。あぁ癒される。

「あと、ある程度軌道が固定されるらしいのですがどうでしたか？」

「えーと、あぁそうだな。同じ軌道だったな、だから普通の剣技に織り交ぜたのか」

縦斬り、横切りと決まっていたな。ファスの話を聞いてると欠点がわかってきたな。軌道がわかれば発動の合図を見てから避けられるかもしれない。

「あとは、技自体が見えないのが問題だな、空気が歪むというような感じはするんだけど」

ジェスチャーでこんな感じと説明する。

（マリョク、ミタライイ）

「魔力？　そりゃそれが見えたらいいけど」

「すみません。魔力を可視化する方法は知りません」

（ミエナイケド、ミエル）

そういうとなでているフクちゃんの毛がピリっとする。しかし目を凝らせど何も見えない。

「確かに、なんとなくわかります」

ファスにはフクちゃんが何かをしているのがわかるようだ。三角耳をピコピコ揺らしながらフクちゃんをじっと見つめている。

「えっ⁉　全然見えないんだけど」

「えと、こうでしょうか？」

（ソウソウ）

ファスが祈るように両手を上向きにする、凝視するが何もわからない。

「全然わからないのだけど……」

「どうすれば伝えられるのでしょうか？　そうだ、ご主人様失礼します」

ファスが僕の両手を掴んで胸元に引き寄せる。痩せているとはいえ、女性らしい柔らかい感触に集中力が研ぎ澄まされる。なるほどそれが狙いか（違う）。

「わかりますか？　私の中の魔力の流れです。見るのではなく感じたものを心の中でイメージしてください」

（カンガエルナ、カンジロ）

どこかの伝説的アクション俳優のセリフを異世界で蜘蛛から聞くとは思わなかった。

しばらく、集中してみたが結局わからなかった。

「だめだわからん、才能がないんだよ」

武術にしてもなんにしても僕には才能がない。異世界に来ても結局ダメなものはダメだ。

「では、できるまでやりましょう。そうすれば才能なんて関係ありません。やっと私が役に立てる機会がやってきました。もちろん役立たせてくれますよね」

笑みを浮かべてファスが言ってくる。諦めさせてくれないのか、僕ができるようになると無条件で信じているようだ。

「アッハッハ、ずるいな。そういわれたら言い訳もできない」

「はい、私ずるい女なんです」

(？？？)

フクちゃんはきょとんとしていた。その夜から新たに魔力を感知する稽古が日課に追加された。

とりあえず、自分の中の魔力を感じるところから始める。

「【拳骨】」

とりあえず、すでに実践していた【拳骨】を魔力で増強させる動作を行う。別に言葉に出す必要はないがこういうのは気分の問題だ。

「はい、自身の魔力がわかりますか？　その流れをイメージしてください。色でも水の流れでも炎でもご主人様の好きなイメージです」

ファスもついさっきまで、僕と同じで魔力の流れがわからなかったはずだが、もう完全に自分のものにしているようで先生になってもらっている。担任ファス、特別講師フクちゃんといった様子だ。

「うーん、イメージか。なんかモヤモヤした感じだからなぁ、しいて言うなら『熱』かなぁ」

見えないという点では熱も同じで、肌で感じるというのも似ていると思う。

「では魔力を動かしてください。その熱のイメージを動かすのです」

「動かす感覚がわからないんだが」

「では強弱ではどうですか？」

それならわかる。熱せられるイメージで強弱をつける。その日は自分の魔力のコントロールで終了した。

次の日、ギースさんに昨日と同様の稽古をつけられる。とりあえず、スキルを叫ぶそのタイミングを読んで躱してみる。

単発なら問題なく躱せるようになったが、普通の剣技の合間にスキルを使われると対応が遅れる。というか叫んでから技が出るときと叫びながら出る時があり、タイミングが計れない。スキルが放たれてから躱そうとしても間に合わず。声を聞いて躱そうとすると速く動いてしまい、動いた先に飛ぶ斬撃がやってくる。

熱のイメージをもって見てみるが、まったくわからない。やっぱり僕では無理なのではないかと思ってしまうが、できるまで付き合ってくれる人がいるもんだからやるしかない。

「なに、ニヤニヤしてる!!　オラァ【一閃】」

初めて聞くスキルだった。重心を後ろにおいて躱す準備をする。

ギースさんがロケットで飛ばされたように突っ込んできた。突き技のスキルか。

これまで見た飛ぶ斬撃に比べてタメがほとんどない。

「おうっ!!」

何とか、棒の側面に手の甲を当てて軌道をずらそうとするが勢いが強くて弾かれそうになる。とっさ（というかほぼ無意識）に【掴む】を発動させて固定する。まるで透明な指が掴んでいるようだ、そのまま転身と呼ばれる自分の体を軸に相手の攻撃を受け流す体捌きで、ギースさんの攻撃をなんとか逸らす。

「いいじゃねぇか!!」

ギースさんが珍しく褒めてくれた。指で触れなくても、腕のどこかが当たっていれば掴めるのか、便利だな。そこからは具足で防御しながら【掴む】を発動させ相手の体勢を崩すことに集中した。

そうなると当然、向こうがしてくるのはこっちが刀身を掴めない『飛ぶ斬撃』だ。

「【空刃】」

縦斬りの『飛ぶ斬撃』が飛んでくる。……もしかしてコレ『掴む』ことができるんじゃないか？

「白刃取りィ!!」

全力で【掴む】を発動、そして斬撃を掴もうとして。

「ヘブッ」

……タイミングがずれてそのまま直撃を食らった。

まぁそううまくいかないよな、やっぱり魔力を感じられるようにならないと無理か。飛ばされた先に容赦なく襲ってくる『飛ぶ斬撃』を跳びはねて躱す。その日はなんとか気を失わずに稽古を終えられた。耐久力だけは成長している実感があるな。鼻を摘まんで血を止めながら部屋へ向かう。

今日は騎士団の人に見張られながら帰っていたのだが、本館の方でバタバタと人が出たり入ったりしていた。

「なにかあったんですかね？」

「あー、なんか子爵のペットが奇病で死んだらしいっす」

おや、無視されるかと思ったのだけど返してくれた。というかペット？

「へぇ、怖いですね」

「そうっすね、なんか中身がなくて皮だけのカラカラの状態で見つかったらしいっす。まるで体の内側を溶かされて全部啜られたような状態らしくって、昨日からてんやわんやですよ」

「……ちなみにそのペットって魔物ですか？」

「そうっすよ、噂によるとヒールサーペントらしいっす」

フクちゃあああああん、何やってんの!!　というか溶かして啜るって……確かに蜘蛛ってそういうふうに獲物を食べるらしいけどさ。冷や汗がダラダラでてきた。

「最近、屋敷のネズミとかも見なくなっているってんで、もしかしたら厄介な魔物が入り込んでるって噂もありますねー」

「こ、怖い話ですねー」

「まぁ噂ですからね、そんな魔物そうそういないっすよ、多分病気持ちの状態で売られたとかが真相でしょう」

いえ、噂が全部正解だと思います。

「子爵は他のペットに病気がうつってないか全部調べるってんで人が何人も来てるみたいっす。あっ、俺が喋ったこと秘密っすよ」

やけに優しい騎士のおにいさんと別れて牢屋に戻るとフクちゃんがピョンと頭に乗ってきた。

（オカエリー）

「お帰りなさいませ、ご主人様」

うーん、フクちゃんになんか言うべきか。でも実際【回復泡】にはお世話になっているしな、まぁこのままでいいか。

「さぁ、今日も魔力を感じる特訓です。ご主人様がいないあいだずっとフクちゃんと魔力の操作をしていました」

（アタラシイワザ、デキソウ）

まだ強くなるんすか、そのうちフクさんと呼ばなければならなくなりそうだ。

というわけでその日も適度に【吸呪】をしつつ、魔力に関する特訓をすることになった。

ギースさんとの戦闘訓練をこなした後に、魔力の感知についてファスに指導してもらう流れだ。ファスはこれが自分にできることだと、僕が訓練をしている時間は常に魔力を操る練習をしているようだ。ここまで頑張ってくれるファスに対して、少しでも応えたい。といっても魔力という元の世界では体験することのない分野の特訓は雲を掴むようなもので、できる気が全くしない。ファスはと言うと、すでに僕とは比べ物にならないくらいに魔力というものへの理解が深まっているっぽい。才能なのか、エルフという種族の差なのかわからないが、凄まじい集中力で体内の魔力を感じている。月明かりの中で正座して目を閉じるファスは菩薩像のように神秘的だ。

「なんとなく……ファスの体から『熱』のようなものが出てるのはわかるかな？」

「魔力は意識して、操作できる血流のようなものです。【スキル】の発動に関しては私はわかりませんが、事前に魔力を操作する必要があります。その時にあの男は魔力の刃を発射するタイミングを操作しているのでしょう。であれば、相手の魔力を読むことはスキルの発動を察するための第一歩になります。魔力を強めたり、弱めたりするので、観察してください」

正座しているファスをジッと見つめる。

「ご主人様？」

「いや、ファスが綺麗だなぁと」

「マジメにやってください。ケガをするご主人様を見たくないのですから」

ジロリと睨まれる。うぅ、でもマジでなんとなくしかわからないなぁ。

そのまま、三日目、四日目、五日目と日が進み。どうやらフクちゃんが二匹目のアグーの従魔を狩ることに成功した六日目の夜にファスの魔力を離れた位置から感じることができた。

「……はい、今発動してる」

「部位はどこですか？」

「ええと右足と左肩。右足の方が強い」

「正解です、ご主人様」

「おっしゃ！」

（パチパチー）

魔力の発動部位とタイミング、そして強弱を感じることに成功した。いやぁ難しかった。正直今もなんとなくだがそれでも進歩したという実感はあった。今日の分の【吸呪】も行ったし、集中力を使って疲れたからゆっくり寝ようか。

「よし、今日はもう寝るか」

「いえ、まだです」

「え？」

「次は魔力を移動させますから、それを観察してください」

「え、いやそれはまだ難しい……」

「えぇ、そうだと思います。ですから、できるまでやりましょう」

満面の笑みでそう言ってくる。

「……はい」

（マスター、ファイト）

フクちゃんの応援がむなしく響く中、今夜も眠れないと覚悟する。というかファスさんエルフだからなのか魔力の操作が異常に上手くない？　僕が下手なだけ？　そんなことを思いながら夜は更けていった。

その日から始まった魔力を感じる特訓のおかげで、ギースさんとの組手の質は各段に上がり、それなりに余裕を持って修行をこなせるようになった。武器相手に徒手の組手が成立するなんて、少し前までは信じられなかったな。逆に言えばそれだけギースさんの指導は的確ということだろう。

魔力を感じることで、技の理解が深まりそれが自分の技術として返ってくる感覚が楽しい。レベルという概念のおかげで、元の世界では考えられないほど自分が強くなっているのがわかる。

あぁ、武道を楽しむことなんて爺ちゃんが死んですっかり忘れていた。やっぱり相手がいてこそ楽しいんだ。まぁ、内容はひたすらボコボコにされたり、厳しい反復練習なんだけど。

稽古が終わるとファスに体を拭いてもらい（自分でするといっても、ファスが譲らない）、ファスとフクちゃんによる魔力に関する特訓になる。ファスが色々考えて工夫しながら僕に魔力の感覚を伝えてくれるので、多少は僕も魔力とかいう概念を体で理解できるようになってきた。多少なら体内の魔力を操作して【ふんばり】や【掴む】を意図的に強くすることもできる。今、しているのは魔力を操作しながら、型をすることで魔力を使った【ふんばり】【掴む】と言ったスキルの強弱をスムーズにする練習だ。ファスの指導を受けながら、脳が温まるほどに集中して魔力を感じる。やりすぎると翌日に響くのでファスが途中で止めてくれる。

「……今日の特訓はこの辺にしましょう」

ファスはしんどそうに息を吐く。楽になったと本人は言うがその体はまだ呪いに支配されている。少し動くだけでも辛そうにするのは見ていてとても苦しい。

「じゃあ、次は【吸呪】だな」

（ガンバレ、マスター）

一日の終わりは気絶するギリギリまでファスの呪いを引き受ける。ファスの胸元に手を置いて意識を集中してその苦しみを僕の方に流れるように【吸呪】を発動させる。ミシミシと体が軋み、吐き気に似た不快感がせり上がってくるが、歯を食いしばって表情には出さない。ファスはすぐに【吸呪】を止めさせようとするからな。視界が狭くなるくらいで【吸呪】を止める。

「ぐへぇー、疲れたー」

雑に倒れ込む。交換されないシーツは少し臭うし、敷かれた藁はもうペタンコだがそれでも横になれるだけで楽になれる。

「無理はなさらないでください」

「してないよ。ファスがさせてくれないからな」

（マスター、オヤスミー）

僕等の特訓を見ていたフクちゃんがお腹に乗ってくる。フワフワの毛を撫でていると、日中の稽古と【吸呪】の疲労が眠気となって襲ってくる。目を閉じると、ファスが心配そうに頭を撫でてくれた。ベッドは最低で、ひどい場所だがそれでも充実した日々を送っているような気がするのはきっとファスやフクちゃんが傍にいてくれるからだろうな。ファスとフクちゃんを抱きながら泥のように眠る。


翌朝、起きると隣にファスはいなかった。寝ぼけ眼を擦って周囲を見渡すと格子をはめられた窓から差し込む日差しの中でファスが瞑想をしていた。前にも思ったけど、人形のように幻想的な姿に見える。こちらの視線に気付いたのかファスが此方を見て立ち上がる。

「おはようございますご主人様」

「おはようファス。昨日あれだけやったのに、朝から練習しているのか？」

「練習というより、復習のようなものです。今はこれくらいしかできませんから」

（オハヨー）

フクちゃんも天井からポトリと落ちてくる。どうやら一番寝坊したのは僕らしい。

「うっし、柔軟体操して。今日も稽古頑張るか」

元の世界で、朝練前に行っていた柔軟を行う。合気道の技と関係のある手首足首の柔軟をしっかりと行い、よく見る開脚や腰を回し、簡単に跳ねて体の感じを確かめる。筋肉痛はあるけど、いつものことだし、むしろ慣れ親しんだ痛みだ。

「お体の調子はどうですか？」

「絶好調っ」

そう答えると、ファスは安心したように息を吐いて、笑ってくれた。柔軟体操を終えて、型稽古を一人でしながら、朝ごはんを待っていると、フクちゃんがシーツの中に隠れる。
（クルヨ）
その合図でファスは鱗が減った顔を隠すためにボロ布を頭に巻き付けた。ガンガンと乱暴な音がして、扉の下の方にある小窓からお盆が差し込まれる。

「飯だ」

「はいよー」

近寄って受け取る。この豆スープにも慣れたもんだ。毒入りらしいけど。

「今日は、騎士団での訓練は無しだ。仕事で団員が出ているからな」

こちらが答える間も無く、男は去っていく。フクちゃんがシーツから出て、ファスがボロ布をぬぐ。

「今日は休みみたいだな」

「そのようですね」

(オヤスミー)

ファスとの特訓の成果をギースさんに見せたかったのにな。とりあえず朝ごはんにしようか。

「いただきます」

「いただきます」

僕の挨拶をファスが真似して手を合わせる。故郷のマナーだと伝えたら、ファスもするようになった。意外と旨い冷めたスープを飲み、噛み応えのない豆をスプーンで口に入れる。あっという間にスープは無くなってしまった。

「そういえば、僕は練武場でパンとか貰えるけど、ファスはお昼ご飯はどうしてるんだ」

「出ません。でも、私は食が細かったので、それほど苦ではありませんね。ご主人様と違って運動もしませんし」

そう言ったファスの皿は空だ。出会ってすぐのころはスープを飲み切れなかったが、呪いが解けかけて食欲が増した今は、完食できるようになっている。

「いや、そんなわけにもいかないだろう。言ってくれたら昼のパンを隠して持って帰ったのに。ってファスが言うわけがないいか」

迂闊な自分に腹が立つ。晩御飯は普通に豆スープがでるから昼も出るのかと思ってた。どうにも元の世界の感覚うんぬんの前に考えればわかることだ。

「ご主人様は今の食事でも大分少なそうです。その食事をもらうことなんてできません」

「いや、身体が弱っていたファスが食べるべきだ。せっかく量を食べられるようになったんだから」

「いえ、ご主人様が――」

「ファスが食べるべき――」

そんな感じで空の皿を前に平行線の言い合いをしていると、ピョンとフクちゃんが間に割って入る。

(マスター、ファス、オナカ、ヘッテル？)

フクちゃんの問いかけに二人してコクリと頷くと、フクちゃんは前足を上げてポーズを取る。

(ワカッタ)

そのままピョンと窓の格子の間をすり抜けて出て行った。

「えと、フクちゃんはどこに？」

「いつも、外で狩りをしているようですが……」

「また、前みたいに無理しなければいいけど」

「フクちゃんなら大丈夫です」

それもそうか、短い付き合いだけどフクちゃんがどれだけ頼りになるかはよくわかっている。

……考え込むと心配で胃が痛くなりそうだから一旦頭を切り替えよう。といっても石の壁に二人でもたれて、ボーっとするしかやることがない。

「しかし、稽古が無いとやることがないな。ファスは魔力操作をして過ごしているのか?」

「そうですね。それ以外にすることもないですから。本当は身体を動かしたいのですが、少し歩くだけで息が苦しくなるのです」

毎晩【吸呪】はしているものの、まだファスの身体や顔の一部には黒い鱗がかすかに残っているし、病のような症状は続いている。ファスからしてみればずいぶん楽になったと言ってくれるが、僕としてはすぐにでも楽にしてあげたいんだよな。

「よし、今日は休みだし。呪いを引き受けてもいいよな」

「ダメに決まっています。いつも傷だらけで戻っているのですから今日くらいは休んでください。フクちゃんの泡があるとはいえ、ご主人様は自分のことを軽んじすぎです」

下唇をすこし突き出して、拗ねた表情になるファス。こういう初めての表情を見せてくれるようになったことが少し嬉しい。

「そうかなぁ、ファスだって自分のことを後回しにしすぎだと思うけど」

「私は奴隷なので当然なのです」

「それずるいぞ」

肩をコツンと当てると、そのままそこだけ当たったままで、顔を見合わせる。やっぱりファスは綺麗で、少し照れて視線を前に向ける。

「じゃあ、筋トレでもしようかなっ」

はい、ヘタレです。ここで上手いことを言えないのが、男子高校生という生き物なのです。立ち上がろうとするけど、ファスが服の裾を指先で引っかける。

「せっかくですので、ご主人様のことを教えてくださいませんか？」

少し恥ずかしそうに、俯きながら此方をちらりと見つめてくる。は？　可愛すぎんか？　やはり目を合わせられずに前を向いて座り直す。

「何から話せばいいのか思いつかない……」

「ご主人様の世界のことを教えてください。どんな生活をしていたのか、どんな食べ物を食べていたのか。色々知りたいです」

「なるほど、えっと僕が住んでいた所は島国で――」

思いつく限りの元の世界のことを話す。ファスは聞き上手で、良いところで相槌を打ったり質問をくれるので会話は途切れることなく続いた。学校のこと、好きな映画のこと、戦いとは縁遠い生活だったこと、少しだけ……爺ちゃんのことも話した。

「魔術や錬金術が無い代わりに未知の技術が発達した世界なのですね。……帰りたいですか？」

「どうだろう。今は、目の前のことに精いっぱいでわからないや」

僕はどうしたいのだろう？　牢屋から見える景色は狭すぎて先が見えない。

「ご主人様……」

心配したような表情でこちらを見るファスの頭を撫でる。

「それより、ファスのことも教えてくれよ」

「私ですか？　話すと言っても、ほとんど話すことがないのです。呪いで動けなくなることがほとんどでしたから。偶《たま》に体調が良いときは、お婆さんに読み書きを教えてもらったので色んな本を読んでいました」

「大変だったな。どんな本が好きだったんだ？」

ファスはプイっと横を向いてしまった。あれ？　変な事を聞いたかな？

「……秘密です」

「気になる」

しばし、無言。ファスは三角耳を赤く染めて、体育座りの姿勢で顔を半分隠す。

「色んな物語の本……おとぎ話が好きでした。王子様がお姫様を救うお話です。小さい頃は憧れていました」

「そっか、素敵だよな」

「フフ、私はお姫様のような姿ではないし。ご主人様は王子様という感じではないですね」

「ファスは美人だし、お姫様キャラとか似合いそうだけど。僕が王子様でないのは同意する。助けてもらったのは僕の方だしな」

初対面で大分カッコ悪いところを見られてたし。とか思っていると、ファスにシャツを引っ張られる。

「……仮に、仮にですよ。奴隷の分際で分不相応ですが、私がお姫様だったとしたら……物語の王子様よりもご主人様に助けてもらってよかったです。私もあの夜に貴方に助けてもらったのですよ。今も呪いのことで助けてもらっています」

肩が触れ合う距離でファスが顔を寄せる。その瞳に吸い込まれそうになる。

「僕がしてることなんて……僕はファスに助けられてばっかりだ」

「ご主人様が王子様でないように、私も物語のお姫様のような女性ではないのです。欲深な女です。大事な人に助けられるだけでは、与えられるだけでは満足できません。力になりたい、支えてあげたい。そう望んでしまう女なのです」

「それは、確かに、僕なら適任かもな」

「はい、ご主人様で良かった」

ファスの顔が近づき、唇が触れ合うその刹那。

ドサリ。

「ぬわぁああ！」

「きゃ！」

重たい物が落ちる音がして、確かめると窓の格子から糸に巻かれたぶっとい肉が落ちていた。

（タダイマー）

フクちゃんが、格子の隙間から部屋に入って来る。お尻から糸が伸びていて、外に繋がっていた。

「ビックリした。心臓が止まるかと思った」

「私もです。それは……お肉ですか」

（タベモノ）

どうやら本当に食べ物を持ってきてくれたらしい。この大きい肉は燻製肉のようだ。お尻の紐を引っ張ると瓶詰の野菜が結ばれている。小さい体でよくもまぁ、これほどの量を運んできてくれたものだ。

「見張りに見つかる前に食べてしまおう」

「そうですね。ありがとうございますフクちゃん」

（メシアガレー）

肉を千切ってファスに渡し口に入れる。

「モグモグ……硬いけど、食べられないことは無いな。味はイケル」

塩味が利いていて、旨いな。

「顎が疲れますが、少しずつなら食べられますね。お肉を食べたのは本当に久しぶりです。昔食べた時よりもずっと味を感じられます」

フクちゃんにも千切って分けてあげる。牙の間にも口がありそこから食べることができるようだ。ヒールサーペントは牙から毒を流して溶かして食べたっぽいけど。色んな方法で捕食できるんだな。

（マァマァ）

次に瓶詰めを開けてみる。見たことない野菜だけど見た目は大根の厚切りみたいだ。齧ってみるとやっぱり大根の酢漬によく似た味がした。

「ご飯が欲しくなる味だ」

「こっちの方が、食べやすいです。フクちゃんもどうぞ」

（イラナイ）

フクちゃんは野菜はお気に召さないらしい。保存しておくことも考えたが、誰かに見つかるとやっかいだし三人で食べきってしまった。ファスは食事で体力を使ったようで、今は横になって休んでいる。食事量が増えたとはいえ、ファスの体は万全じゃない。フクちゃんが瓶を捨て証拠隠滅をしてくれて僕も寝る準備ができた。今日はゆっくりと休めたな。眠ったファスに今日の分の【吸呪】をして僕も眠りについた。

◆◆◆

結局、僕に与えられた休みは皆で燻製肉を食べたあの日だけで、翌日からは訓練が再開されることになった。ちなみに、ファスの昼食に関してはフクちゃんが厨房から食材を拝借したり、僕が練武場からパンを持ち帰ったりして、多少なりともファスに食べてもらえるようにしている。昼間はギースさんからの戦闘の訓練、夜はファスからの魔力感知と制御の特訓。そして【吸呪】をするといった生活が続く。それなりに余裕もできて、空き時間にはフクちゃんの糸をつかって遊んだり、ファスとふざけ合ったりしながら二週間の時間が流れた。

今日も今日とて朝起きて、柔軟体操をして毒入りの豆スープをする。そして拘束されて練武場まで連れて行かれる。拘束を解かれ、稽古が始まるというのがいつもの流れだ。ギースさんはいつも先にきて、僕を見るとアグーの手下に聞こえるように罵声を浴びせ、そして具足を投げ渡される。このいつの重さにも慣れたものだ。

「フン、アグーの手下も消えたことだし、始めるか」

「はい！」

「【空刃】」

合図すらない不意打ち気味の飛ぶ斬撃を、畳三枚分ほどの間合いをとりながらひたすらに躱していく。

見える、僕にも見えるぞ！　とか言ってみたい。いや、別にニュータイプになったというわけじゃない。

これまで続けてきた魔力を感じる特訓のおかげでギースさんのスキルの始動が大分わかってきている。

ついでに、魔力のコントロールにも慣れてきて、踵だけで踏み込んだり足の指先で重心を移動させたりと、【ふんばり】の調整が細かくできるようになったおかげで足捌きだけならかなりの練度になったと思う。

ただし次の課題もでてきた。

「どうした、躱すだけかぁ！　打ち込んで来い」

そう、攻撃である。ギースさんが露骨にスキルを打った後の隙を見せてくるんだけど、これにつられて攻撃すると、①棒か甲冑で受けられる、②体勢を崩される、③しばかれる、という流れが待っている。

問題は火力の無さなのだ。いくら魔力をこめようと【拳骨】は体の強度が上がるだけで拳の威力が上がるわけではない。かといって投げに持っていけるほど相手は甘くない。掴んでもその接点を利用されこちらが崩されることまである。あぁ才能がないとか言い訳せずにもっとちゃんと稽古しとけばよかった。

「来ないなら、死ねぇ!!」

「ちょ、待ってぇええええ」

もちろんいつまでも捌けるはずもなく、結局追い詰められて苦し紛れの手刀と突きを繰り出すものの、まったく効かず反撃を受けて吹っ飛ばされた。

今日でこっちに来てから三十日目になる。この世界の一カ月が三十日か三十一日かわからないが、そろそろ脱出しなければならない時期だろう。しかし強くなった実感がまるでない。

ファスは瞑想を続け魔力の基本的な操作に磨きをかけている、フクちゃんは……もうあの子だけでいいんじゃないかな? とかいうレベルで強い。戦ったことはないけれど、おそらく僕よりも格段に強いのではないだろうか?

「チッ、やるだけ無駄だ。壁でも殴ってろ」

そう言ってギースさんがどこかへ行ってしまったので、具足を着けたまま壁を殴る。ゴツンゴツンとひたすらに殴る。【拳骨】で拳を固め【ふんばり】で体重移動して、殴り続ける。一昨日からこの壁殴りをやっているが、ちょっと楽しい。

なんていうか性に合ってる気がするのだ。無心に木刀を振るったり型稽古を何時間も繰り返すとかいうのもよくやっていた。頭を使わず単純な作業を繰り返す。疲れて動けなくなるまで、何も考えず体を動かす。

そういうのが好きな性分なのだろう。

「すみませーん、団長が部屋に来いって言っているっす。出口にいる奴らが案内するんでついて行ってください」

不意に話しかけられて、意識を引き戻された。この前話した気さくな騎士団のお兄さんだった。

「あっ、はい」

「いやぁすごいっすねぇ、さすが転移者っす。団長と何合も打ち合える人なんてそういないっすよ。しかも重しを着けて」

そういや、これ重しだったな。慣れちゃって意識してなかった。

「いや、あれはギースさんが手加減しているからですよ。でなければすぐにやられてます」

「それでもすごいっす。あの、立場上こんなこと言っちゃ不味いんすけど、俺ら騎士団は皆応援してるっす。最初はバカにしてたんすけど、もう本心から笑っている奴なんていないっす。笑わなきゃならないから笑ってるフリしているだけで、だから……応援してます」

そう言って、直立し右腕を斜めに掲げた。これは……敬礼？　見渡すと練武場にいる他の騎士達も同じ姿勢をとっていた。すぐに皆何事もなかったように稽古に戻る。

これはずるい。すぐに声を張り上げて礼をした。

「ありがとうございました！」

頭を下げる必要があったのだ。だって……こんなの泣くに決まってんじゃん。

◆◆◆

真也が去った後に騎士の男は殴られていた壁を見る。

「なんていうか、ウチの子爵様は本当に見る目がないっすねぇ」

男が見るそのレンガの壁は至る所にヒビが入り、少し触れただけで表面はボロボロに崩れた。

確かにこの程度の壁ならスキルを使えばもっと崩すことだってできるだろう。しかしスキルを使わずこんなことができるのかと言われたら剣を使っても無理だろう。刃こぼれするか折れるのがオチだ。

人を壊すには十分な威力だ。それをあんなでたらめな動きのなかで打たれ続けたら到底耐えられる気がしない。そもそも自分の剣なんてあの少年にはもうかすりもしないだろう。

まだ【クラス】のレベルでいえば自分達のほうが上だろう。複数人で囲めば勝てると思う。しかし一対一で向かい合ったときを考えるとゾッとする。少なくとも自分は二人の攻防を目で追いきれてない。

わずか一カ月鍛えただけでここにいる新兵達の、そのほとんどよりも強くなっていることにあの少年は気づいているのだろうか？

「俺、騎士団辞めようかな……」

若い騎士のそのつぶやきは練武場の壁に吸い込まれていった。

◆◆◆

その後、具足を脱いで。案内のままにギースさんの部屋へ行く。軟禁されてる身なのにこんなに自由に動いてよいのだろうか？

ノックをして部屋に入る、案内してくれた騎士団の人は入り口に待機するようだ。

「おう、来たかまぁ座れ。ここなら自由に話しても大丈夫だ、アグーの奴は予想通り伯爵の使者をもてなす準備に忙しいようだ。どうやら明日あたり使者がくるそうだから、逃げだすなら今夜だな」

「ずいぶん急ですね。というか僕、あんまり強くなった気がしないんですけどやっていけますかね」

「……まぁ、防御だけならそう困らんだろ。攻撃に関しては課題ありだな、俺の剣の型を覚えただろ？　あれをいい感じにいじって自分のものにしろ。後は鍛えろ、毎日走って型やってなんか殴っとけ」

すごい雑なアドバイスをされた。

「練兵に自信ありって言ってませんでしたっけ？」

「言ったぞ、おかげでさらに自信がついた。あのボンボンがまともなら、お前を他の転移者と比べても……まぁいいか」

なんだよ、気になるな。

「それで、僕はどうすればいいですか？　ファス、えっと奴隷の子も一緒に逃げられますよね？」

「あんな奴隷にずいぶん執着してるんだな。わかっている。今晩、うちの騎士団の若いのが鍵を開けに行く。そうしたら案内に従って隠し戸から外に出ろ。一応馬を用意してある。太い道をたどれば冒険者ギルドがある町に着くはずだ」

「……僕、馬乗れませんよ。乗り方習ってないし」

「……」

沈黙が部屋を支配する。

「もしかして、忘れてました？」

「……まぁアレだ。走れ」

完全に忘れてやがったな。まぁ稽古をつけてもらった手前、糾弾するわけにもいくまい。最悪フアスはおぶっていこう。軽いし余裕余裕。

「わかりました。今までお世話になりました。剣の型はありがたく頂戴します。これまで鍛えてくれてありがとうございました」

どれだけ強くなれたかはわからないが、この世界に来た時とは比べ物にならないくらいに強くなれた。本当に感謝している。

「あの、一つ聞いてもいいですか？」

「なんだ？　手早く話せ」

鋭い視線で睨まれる。こころなしか禿げ頭の光も強まった気がする。

「どうして、僕を鍛えてくれたんです？　フクちゃん……従魔までつけてくれて、あの従魔の契約書は安くないと聞きました」

僕なんて見捨てても、何も損はないはずだ。こうしてアグーに逆らってまで助けてくれている理由を聞きたかった。

「……気まぐれだ。アグーのボンボンと反りが合わんからな。それに、中庭で初めて見たお前の構えはなかなか堂に入っていた。戦い方は全然ダメだったがな。そのズレが気になった」

「構えは……祖父が教えてくれたんです」

中段の構えは基本中の基本で、爺ちゃんが細かく指導してくれた。

「そうか、良い師を持ったな。身を守る為によく練られている」

「はい。……ありがとうございます」

家も道場も借金のカタに取られることになって、爺ちゃんとの思い出が消えていく気がしていた。でも、この技術が爺ちゃんが残してくれたことだったんだな。

「あぁ、まぁお前はそれなりに見どころがある。腐らずに研鑽を続けろ」

そう言ってギースさんは後ろを向いて紙巻煙草を吸い始めた。最後に一礼して部屋を後にする。元の世界での師が爺ちゃんなら、この世界での師は間違いなくギースさんだ。照れくさいのでそんなこと言わないけど。

部屋に戻り、ファスとフクちゃんに今夜の計画のことを伝える。結局ファスの呪いは解ききれなかったな。ここから脱出したら、多少無理してでも【吸呪】しよう。

「いよいよ、今夜ですね。緊張してしまいます」

（ガンバル）

二人とも気合は十分のようだ。最悪二人だけでも逃がさないとな。

しばらく待機していると、フクちゃんが何かを察知したようだ。

(ダレカクル、ヒトリ)

ギースさんの使いかな?

控えめにドアがノックされる。

「もしもーし、誰かいますかー?」

若い女性の声だった。えーとどうすればいい? 無視するべきだろうか。無言でいるともう一度ノックされる。

「あれー? 絶対ここだと思うんだけどなぁ。よーし」

「!? ご主人様」

ファスが声をあげる。扉越しに魔力を感じた。僕のイメージで言うとかなりの『熱量』だ。これは不味い。

「待った、待った。いるよ、いるから手荒なことはしないでくれ」

「あー、やっぱりいたー。ねぇ貴方、転移者様でしょう?」

「そうだ。君は誰だ」

「私? 私は……秘密かなー。ちょっと待ってて。すぐにここから出したげる」

「秘密って、おーい、もしもーし」

返事がない、どこかへ行ったようだ。

「何だったんだ？」

「わかりませんが、警戒はしたほうがよいかと。先ほどの魔力、尋常ではありませんでした」

「やっぱりか。めんどくさいことになりそうだなぁ」

（カル？）

「とりあえず保留で」

（リョウカイ）

そしてそれから数分後に再びフクちゃんが警告を発する。

（ダレカ、クルヨ、ゴニンイル）

しばらくすると窓越しに僕の耳にも喧噪が聞こえてきた。

「いえ、ですから。転移者は病にかかっておりまして。けっしてお見せできる状態ではないのです」

久しぶりに耳障りなアグーの声が聞こえた。かなり焦っている声色だ。

「それほどの状態なのか。ならばすぐにでも帝都へ連れて行き治療を受けさせなければ」

「いえいえ、そんな手間を取らせるわけにはまいりません。今当家の方で最高の術師を手配しております。ゆえ、諸侯会議までには問題なく出席できるかと」

「そんなことを言っている場合か!!　幸いここへは走竜を使ってきた。すぐに出発すれば明朝までに帝都へ行ける」

「いえ、あの……」

そんな会話が続いている。どうやら明日来るはずだった使者が今夜訪れさらに転移者の様子が見たいらしい。もしかしなくてもピンチじゃなかろうか？

「ファス、顔を隠せ。フクちゃんはファスのローブの中に。何かあったらファスを守ってくれ」

「はい」

（リョウカイ、マスター）

「どういうことだ!!　離れで最高の暮らしをさせているのではなかったのか⁉」

「いえ、あの病の関係でここがよいと」

「もうよい!!　早く案内せよ!!」

そう声が響き、数十秒後扉の鍵が開かれる。

入ってきたのは、立派な髭を生やしたイケメン（というより男前）の男性に赤毛のメイド。その後ろにアグー、と召喚士の、ええとソヴィンだっけ？　あとは給仕が扉の前で待機している。

赤毛のメイドと目が合うとウィンクされた、さっき訪ねてきたのはお前か。

「なんと、ひどい。信じられぬ」

髭のナイスガイがショックを受けた表情でそうつぶやく。いやいや、住めば都ですよ。少なくともわりと住み心地はよいと思います。強いて言うならトイレが不便かな？　おマルしかないので。

心の中で謎の反論をしていると、ナイスガイがツカツカと寄ってきた。

「お初にお目にかかります。コスタ領伯爵、バルボ・アスペラ・ファルモと申します。転移者殿」

使者じゃなくて伯爵本人が来てんじゃん。どうりであのアグーが強気に出られないはずだ。

「初めまして、吉井……」

「ヨシイ様はご病気でして。体調が優れぬのです、そうですよねヨシイ様」

アグーが割って入ってきた。さてどうするべきか、ここで実はずっと閉じ込められてました。とか言おうものならアグーの立場がないはずだが、下手に追い詰めてヤケになられても困るな。ファスもいるし適当にはぐらかそう。

「まぁ、確かに体調が優れなくはありますが」

パァとアグーの顔が輝く。

「そうでしょうとも。なので私はこの離れで」

「黙れ」

おおぅ、バルボさんの静かな一喝でアグーは黙ってしまう。迫力あるなぁ。

「転移者様、確かヨシイ様でしたな。こんなところにいては体の調子がますます悪くなってしまいます。すぐにでも帝都へ向かいましょう」

「帝都ですか?」

「はい、実は諸侯会議前に各々の転移者達の顔見せを一度したほうがよいと姫……コホン。案が出ておりまして、それでちょうど別件で帝都へ行くまでにここの近くを通るので寄ったのです」

「そ、それは、不味い。いえ、不味くはないですがヨシイ様はご病気で」

懲りずにアグーがなんか言っているが、さっきの喝が効いているのかごく小さな声でボソボソ喋っているだけだ。

「移動にはなりますが、特注の客車です。少なくともここよりは快適な空間を保証します。さぁこちらへ」

有無を言わせず連れていかれそうだ。ここで残ったらアグーになにされるかわからないし、行くしかないか。

「わかりました。ただ、彼女も連れていきたいのですが？」

「彼女？　ずいぶん汚いボロを着ていますが……奴隷ですかな」

「はい、僕の奴隷です。彼女も連れてよいのであればすぐにでもここを出たいのですが」

「……」

なぜかチラリとメイドを見る伯爵。メイドが頷くのを確認して伯爵から返答があった。

「ええ、勿論ですとも。奴隷は財産ですからな、オークデン、お前にも来てもらう。転移者に対してどのようなもてなしをしたのかしっかり帝都で話してもらおう」

その言葉を聞いてアグーは、目を白黒させたあと無言で頷いた。

ちなみに特注の客車はどんなんだったかというと。

「四次元ポ〇ットかよ」

明らかに外からみたよりも大きく、広さだけでも僕がいた牢屋の二倍はあるだろう。豪華な内装が目に痛い落ち着かない空間だった。

◆◆◆

屋敷の前に止まった客車（竜が引くらしいから竜車とでも言うのかな？）に案内されておずおず

と乗ってみると、中は外から見るより広い空間であり、紅い敷物にソファーやテーブルまである瀟洒な部屋だった。

「ど、どうしましょう、ご主人様。私なんかが、こんな馬車に乗ってしまうと何をしても汚してしまいそうです」

「召喚された部屋を思い出して吐きそうだ。牢屋に戻りたい……」

（ヒローイ）

ピョンピョン跳ねるフクちゃんはさっそく辺りに糸を張っているようだ、見つかって怒られないようにしてね。

一方残りの二人は、圧倒的ブルジョアオーラにメンタルをやられ心が折れそうになっている。意外とあの牢屋って落ち着いて過ごせたんだよな。

（マスター、ダレカ、クルヨ。サンニン）

おっとさっそく警告が来た。抜かりなく外にも糸を張っていたフクちゃん有能。

ファスは、すでにボロを深くかぶっている。

「失礼しまーす、お召し物をお持ちしましたー」

そう言って入ってきたのは、バルボ伯爵と一緒にいた赤毛のメイドだった。残りは騎士だろうか？　体格のよい男が外で待機していた。

メイドさんは髪をアップにまとめていて年は十代後半くらいだろうか。多分年上だと思う。見るからに快活そうな美人さんだった。

持っているのはシャツとベストとベルトにズボン。それとファスの分だろうか、フード付きのローブもある。

「伯爵様ができ合いで悪いけどってさ、というかヨシイ様だっけ？　裸足だし」

「えーと、助かります」

「メイドに敬語とかやめてよね。それとこれ、豚、じゃないやアグー子爵から【鑑定防止】のネックレス」

差し出されたのは、十字架の形をしたネックレスだった。

「へぇ、鑑定防止ですか。これは高価なものなんですか？」

「ネックレスは割と高価だけど、【鑑定防止】が付与されたアクセサリーは安価なものもあるよー。というか転移者には真っ先に渡されるものだと思うのだけど……あなた一体どんな扱い受けてたの？」

「まぁ、察しの通りです」

「ついてないねー。なんでそんなに嫌われてるの？」

ずいっとよって来る。ほんのりといい匂いがしてドギマギしてしまう。

「ゴホッゴホッ」

振り向くとファスが咳き込んでいた。ボロ布から見えるジトーッとした視線が刺さる。

「……あー、どうでしょう？　見かけが気に入らなかったのかな？　とりあえず着替えたいんですけど」

「どうぞ、どうぞ」

メイドさんはニコニコ笑いながらその場で立ったままでいる。

「いや、その、脱ぐんですけど」

「えぇ、お気になさらずに」

「いや、こっちが気にするから!!」

「着方とかわからないでしょ？　お手伝いします」

なんなのこの人、怖いんだけど！　異世界では普通なのか？

「着替えなら私が」

ファスが普通の声でそう言った。ダミ声でなくていいのか？　あぁこのメイドさんはそもそもファスが呪われていることを知らなかったからいいのか。

「おっと、奴隷ちゃん可愛い声だね。あなたにも興味あったんだー」

「……あなた、一体何者ですか？」

聞いちゃうのかファスさん。まぁ明らかにただのメイドじゃないよな。

伯爵が姫とか言っていた気がするし、ただ藪をつついて蛇を出したくないんだよなぁ。

「私？　どうしようかなー？　ま、すぐわかるよ。今はただのメイドってことで、ところで奴隷ちゃん？」

「なんでしょうか？」

「あなた……呪われてるよね？」

バレてるか。【忌避】が残っているしな。ファスは警戒したように半歩下がる。一応何かあっても大丈夫なように僕は一歩前へ。敬語で話すのもやめようか。

「何か問題があるのか？」

「へー、庇うんだ。ヨシイ様は平気なの？　この子の呪い相当ヤバいと思うけど？」

「僕は問題ない。もう一度聞くけど、これから帝都に行くにあたって問題があるのか？」

「うんうん、その話し方のほうが好感もてるなー。呪いについては問題ないんじゃないかなー。私はそういうのわかっちゃうからわかっただけで、鑑定さえされなければそうそうわからないと思うけど？　そりゃお城とかはチェックがあるから入れないだろうけどねー。町とかならわざわざ鑑定することもないし余裕でしょ」

「呪いが無かったら？」

「そりゃや、転移者様のお付きってことでお城でも自由に連れて歩けるでしょ」

「わかった。ありがとう」

「なるほどー『あて』があるんだね？　【吸呪】ってスキルの効果かな？　子爵がずっと誤魔化していたから気になってヨシイ様を鑑定しちゃったけど面白い【クラス】だよね」

バレテーラ、まあ気になるならネックレス渡す前にどうにかして見てるよな。

「使えない【クラス】らしいけどな」

「ご主人様の【クラス】が使えないなんてことは絶対にありません!!」

ファスさん落ち着いて。

「そうそう、【愚道者】なんて聞いたことないし面白いよー。【勇者】なんかよりよっぽどいいと思うなー」

「その通りです」

ファスさん同調しないで。

「ありがとう、幾分か心が軽くなった。それで話は戻るけど。着替えるんで出て行ってくれないか？」

「えー!! いちゃダメ？」

「ダメだ」

そう言ってなんとかメイドさんを追い返した。メイドさんは「ちぇ、しょうがないなー。またねー」と言って去っていった。何だったんだいったい。一緒にいた二人は護衛だろうし多分伯爵の娘かより高位の令嬢とかかな？ 伯爵より高位っていったいどんな位だよ。

とりあえず、もらった服に着替える（ファスの介助なしでも着れました）。動きやすくていい感じだ。

ファスもボロ布からちゃんとしたローブに着替える。さて、それではやることをやろうか。

「フクちゃん、外に何人いる？」

ファスのローブからフクちゃんがでてくる。ちょっとうらやましいぞフクちゃん。

（ウーン、タクサン）

「逃げるのは無理そうか？」

（ムズカシイ）

そりゃそうか、あのバルボさんとかいう貴族が信用できるか怪しいし、逃げ出す選択肢も考えたけど、やっぱり今夜脱走するのは無理そうだな。ギースさんの計画は破綻したのだろう。

「というわけでファス、こうなったら呪いを完全に解くぞ。でないとせっかく帝都についても動くのに制限がありそうだ。それに僕は貴族が信用できないし、まだ脱走を諦めてない。スキを見て逃げるつもりだ。その時に十全に動いてもらうためにも呪いを解くのは急務だ。出発したら朝まで移動だし、今夜中に決着をつけよう」

うん、ファスに拒否されない為の完璧な論理だ。エルフとばれるのは不味いかもしれないが呪いがあるほうが制限がありそうな気がするし、ファスを早く楽にしてあげたい。エルフの容姿については最悪ローブで誤魔化せばいい。

脱走に関しては、伯爵はいい人のようだけど、僕の【クラス】は他の転移者に劣るようだし、そのことで変なレッテルを貼られる前に逃げてしまいたいというのが本音だ。切羽詰まったアグーが何するかもわからないしな。

「……確かにそうかもしれませんが、無理はしないでくださいね？」

「あぁ。もちろんだ」

と口では言っているが全力で【吸呪】するつもりだ。ほとんど呪いは解けてきているとはいえ、時折腕の鱗を撫でて辛そうにしているのを知っているのだ。もう今回で楽にしてやりたい。

ファスの両手をもって、【吸呪】を行う。ファスの体の中にある呪いを僕の体に流すようイメージすると触れ合った部分から、熱いコールタールのようなものが身体の中を伝ってくる。普段はすぐにここでやめるが、今日は限界までいくつもりだ。

「ご主人様⁉　もう充分です。やめてください」

「なあに、まだまだ」

（マスター、ファイトー）

ありがとうフクちゃん、頑張るよ。不意にファスの身体から流れてくる呪いが止まる。栓でもしているかのように、吸い取られるのを拒否しているかのように呪いがファスの身体にとどまろうとしている。

負けるもんか。より強く魔力をこめて【吸呪】を発動する。スポンと栓が抜けるように均衡が崩れ呪いの流れが僕の身体にやってくる。

「よおおおし、来い‼」

「ご主人様‼　本当に大丈夫ですか？」

（マスター、ファイト、ファイト）

もう少し……もう少しであるという実感がある。あとちょっとだけ、そう思いながら僕の意識は暗転した。

……ゴトゴトという音に目を覚ます。

「おはようございますご主人様、お身体は大丈夫ですか？　あれほど無理はしないでくださいと言ったのに」

いつも通りファスが僕を膝枕していてくれてた。いやぁいいもんですね。【吸呪】にも慣れたのかそれほど疲労も残っていない。

（マスター、ガンバッタ）

「フクちゃんも応援ありがとうな、それでファス、調子はどうだ？」

「はい、大丈夫です」

大丈夫じゃわからん。鑑定紙を取り出して鑑定してみる。

名前：ファス
性別：女性　年齢：16
状態
【専属奴隷】▼
【経験値共有】【命令順守】【位置補捉】
【竜の呪い（侵食度18）】▼
【】【クラス封印】【】【忌※】

ぐわあああ、惜しい。あと十八残ってる。無差別に全部吸い取ろうとしたせいか【忌避】と【クラス封印】が残り【スキル封印】だけが消えている。くっ、ワンモアチャンス。

「もうちょいだな、さぁ行くぞ」

「ダメです!!」

そんなご無体な。その後なんとかファスを【吸呪】しようとしたが全力で拒否されてしまい（最後には泣きますよ、とまで言われた）、結局ファスの呪いを解ききれずに朝日が昇り始めた。

「ご主人様、見てください。帝都が見えましたよ!!」

どういう原理なのかほとんど揺れない客車（竜車）の窓から身を乗り出したファスに言われて、確認してみると、朝日に照らされた白い城壁が目に入る。

「……城塞都市だ」

まずその大きさに驚いた、十五メートルはあるだろうか？　そんな巨大な城壁とバカみたいにでかい城門。そしてその中へ入ろうと手続きをしているのか、商人をはじめとする人々が列をなしている。

城壁の周りは舗装された道路があり、よく見れば水路のようなものもあった。

あまりに大きくて城壁がどこまで続くか確認できない。塔の数も尋常じゃない。そもそもこれは城塞都市なのか、実はこの都市の向こう側は城壁がないのかも？

近づくと城壁は二重になっているように見える。こんなバカでかい城壁が二重だとかとんでもない。

うわー、テンション上がる。感想がまとまらない。

（オッキーイ）

「そうだなフクちゃん、いやぁいいもん見た。異世界には来るもんだわ」

大きい建物はいつだって男心をくすぐるのだ。ワクワクしながら城塞都市を見ていると、馬に乗った騎士達が近寄ってくる。ギースさんとその部下の騎士達だ。

「すげぇだろ？　あれがラポーネ国の帝都『ブランカセントロ』だ」

「おはようございます。あの城壁は都市全体を覆っているんですか？」

「そうだ、グルっと都市全体を覆っている。七万人ほどの人間が住んでいる世界最大の城塞都市だ。しかも臭くない」

「はい？　臭くない？」

「城塞都市ってのは総じて不潔だったりするんだが、ほとんどの区画は魔術による清掃が徹底されていてな、水も綺麗だ。衛生的な城塞都市ってわけだ。すげぇだろ？」

なるほど、確かに衛生的ってのはそれだけですごいことだよな。この世界は魔術があるからそれを使って都市を維持しているのだろう。

あぁ観光したい。

「──おい、聞いているのか？」

「はい？　聞いてませんでした」

「まったく、脱出のことはすまなかった。まさか伯爵が直接来るとはな。あのボンボンは竜車の中でソヴィン相手に怒鳴りまくってたぜ」

どうやら、脱出計画が失敗したことを謝りに来てくれたようだ、この人はなんだかんだ律儀なんだよな。

「気にしないでください。おかげでこんな面白いものが見れたんですから」

「『ブランカセントロを見ずして死ぬな』という言葉があるくらいだからな。それとソヴィンとアグーがなにやら怪しい動きをしているぞ、気を付けておけよ。それだけだ」

そう言って、ギースさんは竜車（竜車で名前はあってたらしい）を離れた。

「怪しい動きですか……警戒したほうがよさそうですね」

（ケイカイ、ガンバル）

頭にフクちゃんを乗せたファスが顔を出してきた。

「とにかく、まずは観光だ。一にも二にも観光だ。あっ、でもお金がないなぁ」

「私、帝都の図書館に行ってみたかったんです」

そんな話をしているうちにもどんどん進み、いよいよ町に入るようだ。並んでいる商人たちを後《しり》目《め》に竜車は二重の城門を越えて都市の中に入っていく。どうやら顔パスらしい。手続きがあるのかと思って身構えて損した。

窓から外を見ると衛兵が町の至る所にいるし、人通りもかなり多いな。途中市場のような場所もあったし見て回りたいな。竜車はメインストリートを進んでいく。町の中心にあるデカい白がはっきりと見えてきた辺りで道を外れ庭園に入り屋敷に到着した。

そこからは有無を言わさず伯爵とその使用人に案内され、僧侶のような恰好をした医者の前に連れていかれた。全身を観察され（【鑑定防止】のネックレスは装備しています）回復魔術と思われるものをしこたま受けて。薬を飲まされた。

結局観光どころではなく、治療の気疲れでへとへとになりながら案内された部屋に行くと、ファスが待っていてくれた。

「つ、疲れた……どんだけ薬を飲ませりゃ気が済むんだ……」

「大丈夫ですか？　えーと、さきほどあの赤毛のメイドがやってきて説明されたのですが――」

説明によれば、どうやら明日ある転移者達の顔みせ前に今夜、城で夜会があるらしい。贅を尽くした料理が出るのでぜひ参加してほしいとのこと、うーん。

「どう思う？　僕としてはなるべく他の転移者には会いたくないんだよなぁ」

「行かないというのは難しいと思います。もちろんご主人様が強く言えばそれも通るでしょうが、コスタ領からはご主人様しか召喚できていないとメイドが言っていました。ご主人様が夜会に出席しないということは伯爵にとって大きなマイナスでしょう。メイドも強い口調で言っていましたから」

「伯爵の反感を買うようなことは控えたほうがいいか」

「信用できるかはわかりませんが、オークデンのこともありますから今は敵をつくらない方が良いと思います。……すみません、私も貴族の世界には疎くて間違ったことを言っているかもしれません」

申し訳無さそうに頭を下げるファスの肩を持って体を起こす。

「そんなこと言ったら僕なんて世界からして違うからな。ファスの意見には助けられてるよ。できればファスも連れていけたら心強いのだけど」

「それは……」

「呪いのこともあるし難しいか、わかった一人で行くよ」

（ボクモイクー）

フクちゃんがファスの胸元から飛びでてきた。羨ましいぞこのヤロウ。

「そうです、フクちゃんは連れて行ったほうがよいかと思います」

そりゃフクちゃんがいてくれれば心強いが。現状、戦闘技能を持っていないファスを一人きりにするのも不安だ。

「ダメだ。フクちゃんにはファスを守ってもらう。呪いのこともあるがエルフってのも問題だ」

「それでご主人様が危険な事態になってしまっては目も当てられません」

「悪いけどここは譲れないな。僕なら大丈夫だ。少なくとも回避と逃げ足だけなら自信がある」

そりゃもう死ぬほど走ったからな。【ふんばり】を使った走力はかなりものだと自負している。

その後も少し言いあいになったが最後にはファスは折れてくれた。フクちゃんもおとなしく言うことを聞いてくれるようだ。

そして夜、用意された動きづらい燕尾服によく似た服に着替えると、今度は馬車で城まで案内された。

◆◆◆

真也が心配そうに振り返りながら馬車に乗って屋敷を後にするのをファスは窓から見た。

「……心配です。今からでも遅くないので、フクちゃんはご主人様について行ってくれませんか?」

(ダメ、ファス、ヨワイ)

牢屋生活ではありえなかった柔らかいベッドに腰かけて、シーツを触る。

「ご主人様はあの男に鍛えられて、心も体も強くなりましたがそれでも、脆く危ういように見えるのです」

フクが無言でファスの膝に飛びのり体を丸める。ファスはフクを撫でながら、話を続ける。

「苛烈な修行を終えて帰って来る姿は自分への罰のようで、体を顧みてません」

（チガウ、マスター、タノシソウダッタ。アレデ、ダイジョブ）

「フクちゃんは、ご主人様の修行しているところを見たのですね……楽しそうに……そうですか、ご主人様はあの夜から立ち上がり歩き出そうとしているのですね。私は……私も一緒に行きたいです。生きていたいです。呪いが解ければ体を鍛えましょう。そしてご主人様を鍛えるのです」

（ツヨクナレバイイ）

「そうですね。一緒に強くなりましょう。せっかく呪いで死ぬことを回避できそうなのです。皆で、生きる為に頑張りましょう」
（ソダネ）
フクがもぞもぞと体を動かし、お尻から糸を出してファスの指に輪のように巻き付ける。

「これは？」

（サンポ、イク）

ピョンと膝から飛び降りて、窓の隙間から外へとフクは出て行く。

「フクちゃん、どこへ？」

（ナニカアッタラ、ヨンデ）

姿の見えないフクから【念話】がとんでくる。どうやら、指の糸は中継点の役割があるらしい。

「本当に、フクちゃんは凄いですね……」

規格外な子蜘蛛に驚きながら、広い部屋に一人。ファスはそっと胸を押さえる。牢屋でも一人で待っていると、寂しさが胸を締め付けてきた。それはお婆さんに対しての気持ちによく似ていたがどこか切なさが交じる。

「……考える暇があるのなら、瞑想をしましょうか」

首を振って気持ちを切り替える。いつも一人の時はしている瞑想をすることにした。

自分がエルフならば、種族的に魔力の扱いに長けている可能性が高い。もし、呪いが完全に解けることがあれば、真也の役に立てるかもしれない。目をわずかに開け、体内の魔力に意識を集中させて制御を始める。会話の最中でも、寝ている最中でさえも、呼吸をするように魔力に意識を通わせるようになることを目指して、静かにファスは己を鍛え続ける。真也がその姿を見ればきっと見惚れていただろう。それほどに、見たものを惹きつける美しい在り方だった。

◆◆◆

馬車の窓からもういちどこの町を観察する。白を基調する建物が多く、道も綺麗に整備されている。酒場もそれなりにあるようで、牢屋か練武場で生活した身としては、この喧噪が心地よい。奇妙な形の街灯もありどんな仕組みなのか気になるな。あぁファスと一緒に見て回りたかったな。軽快に走る馬車によってすぐに目的の場所に到着した。厳重な警備の中を通り、城門をくぐると巨大な建物が現れる。

「まるで天守閣だな」

いや見た目は洋風の城なんだけどね。いかにもお城の、これまたいかにもな洋風の広間に案内されると、騒ぎ声が聞こえてきた。

すでに夜会は始まっているようだ。バイキング方式らしく各々好きなように食べ物をよそっている。二階もあるらしく、各階に料理が置かれているようだ。

さて、異世界に来て初めての僕以外の転移者をみるわけだが、うぅ緊張してきた。

周囲を警戒しながら近づいて観察すると、なんか見たことあるようなないような顔がちらほらある。もしかしなくても同じ学校で同じ学年の生徒だ。様子を見る限り全員が同学年か。学年全員がいるというわけではないが、いったいどのような理由で僕等は選別されたのか気になるな。

それにしても……話しかけづらい、そもそもクラス違う人ばかりで名前知らないし。仕方がないので知り合いを見つけるまでは様子を見ることにしよう。

香辛料の効いたローストビーフを食べながら観察する。

モグモグ、どうやら転移者ってのは僕と同じ高校の同じ学年の人間らしい。いったいどういう法則なのか知らないがモグモグ……。

旨いなこのローストビーフ!! なんだこれ、すごい柔らかい！ あのスープもおいしそう。米もあるじゃん!! 何かよくわからない動物の丸焼きにフルーツの盛り合わせまである。あぁ思えば一カ月ぶりのまともな食事だ。なんか泣いてしまいそうだ。ファスやフクちゃんにも食べさせたいな。

観察なんかそっちのけでバイキングの料理を制覇しようと皿を持った僕の肩がチョンチョンとつつかれる。

「あー!! やっぱり吉井君だー!!」

「へっ？ 桜木さん？」

そこには、図書室のアイドル（僕が言ってるだけです）の桜木叶《さくらぎかなえ》さんが上品なドレス姿で声をあげていた。白い清楚なワンピースタイプのドレスは、制服姿しか知らない僕にとっては普段見ない一面で、素直に可愛いと思う。最後のつもりだった別れ際を思い出して、照れくさい。

「モグモグ、まさか桜木さんまでモグモグ、こっち来ていたなんて」

「吉井君。食べるのか、喋るのかどっちかにしようよ……」

モグモグ、モグモグ、モグモグ、モグモグ。

「喋ろうよ!! なんで食べるほう優先させたの!?」

そんなこと言われたって、こっちは毒入り豆スープ以外は薄ーい干し肉と硬いパンだけで生きてきたのだ。食事を優先させたい気持ちもわかってほしい。まぁ、照れ隠しという側面が強いのだけれど。

「ごめんごめん。まともな食事はこっちに来て初めてだったんだよ」

「えっ、どういうこと？」

「いろいろあってね、桜木さんはどうしてたの？」

「私？ 多分皆と同じだと思うけど。あの日帰り道の途中で急に世界が回って、気が付いたらこっちの世界に来てたの。そしたら目の前に神官の人がいて聖女だーって大声あげて。本当にびっくりしたよ」

今、僕がびっくりしてます。聖女ってのは考えるまでもなく【クラス】だろう。名前からして重要そうなクラスだ。でも、不思議と違和感なく受けいれられるのはどこか桜木さんにそんな印象があるからかもしれない。

「僕も似たような……まぁ最初の数分は同じような扱いだったはず」

そこからは雲泥の差なわけだけどね。まあフクちゃんやファスに会えたしそう悪いもんでもないか。

「ねぇ、吉井君。大丈夫？　私でよかったら相談に乗るよ」

下から見上げるように桜木さんが寄ってくる。正直あんまり言いたくないけど、ここで見栄を張るのもカッコ悪いよなぁ。

「……僕の【クラス】はそれほど強くないっていうか、呼び出した人曰く、話にならないほど使えない【クラス】らしくってね。正直、あんまり良い扱いは受けてないんだ」

僕がそう言うと。桜木さんは僕の腕を掴んできた。引き寄せられる。桜木さん、距離が近くないですか？　というか泣いてる？

「ね、もしよかったら私のところに来ない？　白星教会っていうんだけど、それなりに大きな組織だからきっと吉井君の面倒も見てくれるはずだよ、私これでも聖女って呼ばれてるし」

「いや、さすがにそこまでしてもらうのは悪いよ」

「そんなことないよ。……吉井君、あの日。吉井君が転校するって聞いて私本当に悲しかったの。

どうしてかわかる？」

いやいや、待って。そんなバカな!!　この僕にこんな青春じみた事態が舞い込んでくるとは思わなかった。

いやしかし桜木さんはこれで結構天然だし、もしかすると『そういう』答え以外になにか理由があるのかも。

頭に熱が集まって思考が進まない。

どうする？　どう答えたら？　よく考えろ、桜木さんは頬を上気させて強い意思を宿した瞳をこちらに向けてくる。

いやでも僕にはファスが。

混乱しながらなんとか言葉を紡ごうとすると。

「おい！　何をしてる！」

不意に怒鳴られる。振り返ると、背が高くすらりとした茶髪のイケメンが憤怒の形相で迫ってきていた。誰かと思えば同じクラスの、えーと、名前なんだっけ？

「大丈夫か叶」

茶髪は僕と桜木さんの間に割って入った。どうやら僕が桜木さんに詰め寄っているように見えたらしい。

「あれ、翔太君。急にどうしたの？　私、今吉井君と大事な話を……」

きょとんとしている桜木さんを無視してズイっと前に出てくる。勘弁してくれよ。

「【勇者】の宙野翔太《そらのしょうた》だ。叶とは幼馴染だ。君は？」

しかも勇者かよ。聖女に勇者とか主人公とヒロインみたいだな。だとすると僕はモブか悪役か。

「学校で同じクラスだったと思うんだけど、吉井真也だ」

「能力の方の【クラス】は？」

あっ、ずるい。自分【勇者】なのにそんなこと聞くなよ。

「言いたくないな。【勇者】なんてクラスと比べるべくもないしね」

「翔太君。あのね吉井君はね、その、あんまり、【クラス】が……」

あぁさっそく桜木さんが気を使ってる。やっぱり【クラス】のことは言わないほうが良かったかなぁ。

「……叶。大臣が俺とお前に用事があるらしい。一緒に行こう」

そう言って、茶髪、えーと宙野が桜木さんの腕を掴もうとするが、スラリと躱される。

「えー、せっかく吉井君に会えたんだからもう少しお話ししたいかな」

桜木さん？　あなたそんなに察しが悪い人でしたっけ？　火に油を注ぐのは勘弁してほしいのだけど。そう思ってみると、桜木さんからのアイコンタクトがきた。行きたくないってことか。

なんか、面倒くさいことになっているようだ。

仕方ない一肌脱ぐか。

「あー、桜木さん？　さっき話してた僕の【クラス】の技を見せるよ」

「技？」

「何言ってんだ、叶。明日のことで話があるんだ」

「まぁまぁ、勇者さんも見ていきなよ。とっておきの宴会芸だからさ」

【回復泡】のおかげでケガや疲労が早く治りその分空いた時間でひっそりと練習していたある技を披露しよう。

「スゴーイ!! ナニソレー!!」

前に歩きながら後ろに下がる、膝をくねらせながら横に進む。

そう、これが牢屋で僕が暇つぶしに練習していた『なんちゃってムーンウォーク』だ。【ふんばり】による足捌きの応用というか稽古に飽きてふざけてやったらフクちゃんにウケたので、練習していたのだ。

「気持ち悪ーい!! アハハハハ」

上半身の動きと合わせてウニョウニョと動く、他の奴らも興味を持ったのか「もっとやれー」「なんだあれ」「きもいぞー」「いいぞ、ヨシイー」とかヤジが飛んできた。同じクラスの人間もいたのか、好感触だ。よし次のネタに移るか。

「続きましてはー、水お手玉。いきまーす」

そう言って、ワインの入ったグラスをもってひっくり返す。空いてる手で【掴む】とまるでゼリーを持っているように水を掴むことができる。そのまま別のグラスから同じ要領でワインを掴んでお手玉をする。

オォーとどよめきが起きる。さらに【ふんばり】を使ってリンボーダンスのような体勢をとりながらお手玉を続ける。拍手が起きた。まぁこれもファスに言われて行った魔力操作の鍛錬なんだけどな。

フィニッシュにワインをグラスに戻してポーズをとる。拍手がパラパラと起きる。まぁ上出来なほうだろう。

「吉井君、それどうやってるの⁉」

桜木さんが興奮気味に詰めよって来る。いや、僕が宴会芸をやっているスキに逃げてほしかったなぁ。

「すごかったよ、大した宴会芸だ。でもこの世界では役に立たないだろうね」

ほら来た。明らかに機嫌が悪そうに【勇者】こと宙野が話しかけてきた。

「叶、楽しんだろ。さぁ行こう」

「わ、私、司教様に呼ばれてるから！」

そう言って桜木さんは僕の脇をすり抜けるように、宙野から離れる。そして背中で足を止めて。

「元気そうになって良かった。ずっと心配してたんだからね」

と囁いて、手でゴメンネとジェスチャーして走っていった。えっ待ってこのイケメンと同じ空間に置いて行かないで。……というか、僕が元気ないことはやっぱりバレてたんだなぁ。彼女にも心配をかけてしまった。

「叶……おい。宴会芸人」

桜木さんを追いかけるのはあきらめたのか、宙野がこっちを睨み付ける。

「なんだ？」

「叶は誰にでも優しいんだ。勘違いするなよ」

そう言って、【勇者】宙野翔太は去っていった。

とりあえず、さっきのところへ戻るか。ローストビーフはまだ残っているかな？

会場にある料理の半分ほどメニューを食べていて確信したが、この世界の飯は抜群に旨い。肉はもちろん野菜が旨いのだ。葉野菜、根菜、豆類と一通り食べたがどれも味がしっかりと主張しており、歯ざわりも抜群だった。これだけの味付けができるということは香辛料も発展しているのだろうか？　かなり高い技術を感じる。

そもそも牢屋の粗末な料理ですらわりと美味しかったしな。こうして自分だけ美味しい物を食べていると、ファスとフクちゃんの顔が思い浮かぶ。

……もうこうなっては恥だのなんだの言っていられない。頭でもなんでも下げて言うべきことがある。近くにいた料理を取り分けているコック風の服装をしている方に話しかける。

「すみません。どうしてもここのおいしい料理を食べさせたい人がいるんです。あの……少しでよいので持ち帰らせてはもらえないでしょうか」

深く頭を下げてお願いすると、コックさんは驚いたようだったがすぐに柔和な笑みを浮かべ、手早く料理を革でできた弁当箱のようなものにつめてくれた。ありがたいありがたい。

ホクホクしながら歩いていると、前から見知った顔があきれた様子で見ていた。

「真也、お前。食べ放題で持ち帰りとか掟破りにもほどがあるだろ？」

「うるさいよ。こっちにも事情があるんだ。……久しぶりだな悟志。やっぱり来てたか」

元の世界で唯一の親友（改めて言うと恥ずかしいな）と呼べる間柄だった、葉月悟志《はづきさとし》がそこにいた。

相変わらず、立ち姿が絵になるやつだ。強面に高身長と燕尾服風の衣装が相まってゴッドなファーザーに出てくるマーロン・ブ◯ンドみたいに見える。もう会うことのないと思っていた友達との再会にちょっと涙腺が緩みそうになるけど、いつも通りの感じを装おう。

「あぁ、あの日の学校帰りにな。そっちもだろ？　というかお前、痩せたか」

「鍛えたんだ。そっちもえらい姿勢がいいようだけど、鍛えたな？」

悟志はガタイはよかったが猫背だった。今はそれが解消されている。腹筋と背筋が鍛えられて体幹がしっかりしているとみた。僕がギースさんに稽古をつけてもらったように、悟志も鍛えたのだろう。

その後お互いの近況を伝えた。悟志は【魔弓士】のクラスを持っているとのこと。呼ばれた家がゴリゴリの武家らしく弓を正しく扱えるように鍛えられたらしい。僕が【愚道者】のクラスだということや、どういう扱いを受けているかも伝えた。もちろん厳しく箝口令を敷いたけど。

あと衝撃の事実が二点あった。悟志のレベルはすでに28だった。最近見てないが僕のレベルはまだ10台後半に届くかどうかってところだと思う。ギースさんにみっちり鍛えられた僕よりも遥か上と。いったいどんな地獄を潜り抜けてきたのか聞くと、予想外の答えが返ってきた。

「パワーレベリングだよ。経験値ってのは戦闘に参加さえすればいいわけで、俺の場合は騎士に守られながらなんとかかっていうダンジョンに入ったけど。離れた位置から何発か弓をモンスターに射ればあとは騎士たちが倒すから勝手に経験値が入ってくるわけだ。それを繰り返せばすぐにレベルが上がったぞ？　というかそれ以外にレベルの上げ方あるのか？」

「……何も聞かないでくれ」

ギースさあああああん!!　僕にもそれやってよ!!　毎日ズタボロになるよりも絶対早いよ!!

まぁ立場上無理なのかもしれないし、そもそも僕は遠距離の攻撃方法をなにも持ってないからなぁ。

続いてもう一点の衝撃の事実は、帰り方が存在するということ。

「えっ？　元の世界に戻れるの？」

「なんで知らないんだよ……俺も詳しく説明できるわけじゃないが、この世界のダンジョンの定義ってのは地脈の流れに異常が起こると発生する局地的な異界なんだと。そのダンジョンの最奥にいるダンジョンマスター、つまりボスを倒すとダンジョントレジャーっていう地脈の魔力が形作られたお宝がでるらしい。内容はランダムだがそのうちの一つに元の世界に帰るアイテムがあるらしいぞ。というか俺達、転移者が呼ばれた理由の一つが地脈に溜まった魔力の消費らしいしな」

暴走する地脈の魔力で召喚でき、強力な力を持っていて（訂正しよう、持っている可能性が高い、だ。僕のような例外がいるので）、さらにダンジョンを攻略する動機があると。この地脈が活発になる年に転移者が呼ばれ各地のダンジョンを攻略するわけだ。ちなみにダンジョンは恒常的に発生するらしくそのダンジョンの副産物で生計を立てている者もいるとのこと。あくまで活発になる年にダンジョンが多発するだけでそれがなくてもダンジョンはあるってわけね。

元の世界に帰るという可能性が湧いて出てきたが、帰りたいかと自分に問うとファスの顔が思い浮かぶ。『生きたい』と叫んだファスを見捨てたくない。いや、僕が勝手に離れたくないと思っているんだ。牢屋で過ごした一カ月ほどの月日、それは爺ちゃんが死んでから一人になった僕にとって大切な時間になっていた。元の世界に戻れば僕はまた一人になる……それがどうしようもなく怖かった。

「僕は……」

「真也？」

悟志が怪訝な表情でこちらをみる。つい、考えこんじゃったな。

「あぁ、悪い。色々考えちゃってた」

「……連絡先は教えてくれよ。何かあったら相談しろ」

帰っても借金地獄だし。もし帰還用のアイテムが出たら悟志にあげよう。帰る気はない。牢屋でファスに問われた時は答えられなかったけど、ファスから少し離れただけでもう寂しいんだ。この世界に骨を埋めよう。でも、ダンジョン攻略には興味あるな。ファスやフクちゃんと冒険できればきっと楽しいと思う。

その後は、他愛ない話をした。悟志も自分を庇護している家に来ないかと誘ってくれたがなんとなく引け目を感じてあいまいな返答をした。そうしていると何人かの女子がやってくる。狙いは悟志のようだ。異世界に飛ばされたってのに女子達に凹んでいる様子はないようだ、すごいな。

「ねぇ、あなた何組の人？　背高いね、あっと私B組の――」

「伯爵の家にいるんでしょ？　やっぱりお金持ちなの？　というか【魔弓士】って超強いって聞い

たんだけど」

悟志が目で助けを求めてきたので、サムズアップして逃げとく。向こうじゃモテない仲間だったのに遠くへ行っちまったな。さらば友よ。

人は噂に敏感だ、異世界のバイキングで持ち帰りをした貧困極まる男として周りから見られたらしく（＋勇者に目をつけられた男）あからさまに浮いてしまった。

そしてそういう浮いた人間を貶める輩《やから》がどの世界にもいる。

「おい、お前【クラス】何が出た？」

ニヤニヤ笑いを浮かべている、四人ほどの集団の先頭に話しかけられる。

悟志には女子が、僕にはこいつらが寄ってきたようだ。徒手になって戦闘に備えたいがこのお土産を手放すわけにいかない。いつでも逃走できるように【ふんばり】をゆるく発動しておく。

「さっき見てなかった？【宴会芸人】だよ」

「そうかよ、俺は【天道魔導士】と【魔術士】だ。この世界では【天道魔導士】ってのは超レアなクラスらしいぜ、こいつらもレアなクラスばっかでな、ちょっと貴族のパーティーに呼ばれただけで引く手あまたで困ってるぜ」

【愚道者】だって希少なクラスだぞ。【拳士】はまぁ僕にあってるから……。と心の中で自分に言い訳をしてみる。

「そうか、良かったな。じゃあこれで」

「待てよ、お前マジで弱いクラスなのか？」

ニヤニヤしながら、距離を詰めてくる。僕が格下だと確信したようだ。というかこんな人が多い場所でなにするつもりなんだよ。しかし目がマジだ、なんていうか小学生のときプロレス技を人に試そうとしたいじめっ子を想起させる。うっすらと魔力のイメージを両手から感じた。と同時に周囲の給仕からも魔力を感じる。厄介ごとを起こしたら何されるかわかったもんじゃないぞ。

ここは逃げの一手と判断して、バックステップで一歩、反転して二歩目を踏み出し逃げる。

「おい!! 待てっ!!」

後ろで声が聞こえるが知ったこっちゃない。グンっと加速する。速っ!? そう言えば具足なしで本気で踏み込んだのは初めてか。自分でも驚く速度で離れることができた。

というか速すぎて自分でも制御が難しい、これは早いとこ慣れなきゃな。

後方を確認するが彼らが追いかけてくることはないようだ。あっ名前聞いてなかった。まぁいいか。このままいても厄介事しか起こらない気がしたので、案内に帰りたいと言うとすんなり馬車を手配してくれた。そのまま医者がいた屋敷に戻る。あぁ、どっと疲れた。

「ご主人様、おかえりなさい。心配しました」

(マスター、オカエリー。ナンカイイニオイー)

ファスとフクちゃんに出迎えられる。特に問題はなかったようだ。なんだろう、顔見知りがいたあの広間よりも二人の傍の方がずっと落ち着く。

確認するとまだご飯は食べてないらしい。

「あぁ、二人にお土産があるんだ」

懐からお土産を取り出す。良かった。中身は崩れてないようだ。

「これは、美味しそうです!!」

（タベテイイノー？）

「あぁいいぞ、二人で分けてくれ」

「こんなご馳走を奴隷が食べるわけには……」

「いいから、僕はもう食べたんだ。すごくおいしかったから二人に食べてほしくて貰ってきたんだぞ」

（マスター、アリガトー）

「フクちゃん、まったく。わかりましたありがたく頂戴します」

そう言ってファスが手を出そうとすると、フクちゃんがそれを止めた。少し食べてこっちを見る。

（ドク、アル）

「えっ!?」

「マジか!?」

（ヨワイドク、マスターとファスナラ、ダイジョブ）

……めっちゃ食べたんだけど。まったく警戒していなかった。というか転移者に毒を食べさせる意味なんてあるのか？

「どんな毒かわかるか？」

（ワカンナイ）

そうか、こんな美味しい料理なのにもったいないな。

「問題ないなら食べます。せっかくご主人様がもらってきてくださったものですし」

（イタダキマース）

「いや、警戒しようよ」

僕の制止を無視して二人は肉を摘まむ。そのまま、二人はモグモグと食べ始めた。流石、日頃毒料理を食べ続けているだけのことはある。

「お、美味しいです、私こんな柔らかいお肉食べたことないです、グスッ」

（マイウー）

フクちゃんの語彙はいったいどこから来るんだ。ファスは感動して泣いていた。気持ちはよくわかるぞ。さて、ご飯を食べ終わったら【吸呪】をしよう、今日で呪いとはおさらばだ。

と気合を入れて【吸呪】を行い、いつも通り動けなくなりファスに膝枕される。

フクちゃんはお腹に乗っている。

「ご主人様は無理をしすぎです」

また怒られてしまった。しかし男にはやらねばならないときがあるのだよ。

そしてこれがその成果です。

名前：ファス
性別：女性　年齢：16

状態
【専属奴隷】▼
【経験値共有】【命令順守】【位置補捉】
【竜の呪い（侵食度5）】▼
【】【ク※ス封※】【】【】

また、だめだったよ……。侵食度が下がれば下がるほど【吸呪】しにくくなっていくような気がする。

あと【専属奴隷】の【位置補捉】のスキルが解禁されたらしく、ファスのいる場所がなんとなく感覚でわかるようになった。ファスもちょっと前に僕の居場所をなんとなくだがわかるようになったらしい。

呪いに関してはさすがに次こそは終わるだろう。ファスのステータスをみたついでに僕とフクちゃんのステータスも確認してみようか。

膝枕をされながらフクちゃんを鑑定する。

名前：フク
クラス▼
【オリジン・スパイダーLV. 24】

スキル▼
【捕食】▼
【大食LV．16】【簒奪LV．14】
【蜘蛛】▼
【毒牙LV．20】【蜘蛛糸LV．22】【薬毒生成LV．11】【回復泡LV．9】
【隠密LV．5】
【原初】▼
【自在進化LV．8】【念話LV．5】【戦闘形態LV．3】

わかっていたけど、強いな。パワーレベリングしたはずの悟志のレベルに迫る勢いとか……フクちゃん恐ろしい子。新しく【隠密】というスキルが追加されていた。アグーの従魔から簒奪したものかわからないが蜘蛛のイメージに合っていると思う。

（エッヘン）

紙を傾けてファスにも見せる。

「うーん、レベルというものは徐々に上がりづらくなるものです。それなのにこの成長速度は、いくら変異種といっても異常です。もしかするとご主人様の【クラス経験値増加】が影響しているのでは？」

「【クラス経験値増加】が仲間に作用するってことか？」

「転移者のクラスやスキルは秘匿されていることが多いので、推測でしかありませんが。だとしたら恐ろしいほど有用なスキルであると思います」

そりゃそうだろう。パワーレベリングすれば転移者本人と周りの人間もどんどん強くなるのだから。だとしたらたとえ他の能力が悪くても転移者ってだけで有用なのではないだろうか？　なんで僕はあんな扱いを受けたんだ？

考えてみよう。転移者は成長が早いとかアグーが言っていた気がするから、他の転移者も同じか、似たようなスキルは持っているはずだ。

アグーからしてみたら、経験値増加なんて貴重なクラスのおまけみたいなものだから、たとえ有用でも、他の転移者と比較して使えなければいらない転移者になるのか。もったいないぞアグー。

「ご主人様？」

「あぁ悪い、考え事してた」

さて次は自身を鑑定する。

名前：吉井　真也　（よしい　しんや）
性別：男性　年齢：16
クラス▼
【拳士ＬＶ．16】
【愚道者ＬＶ．14】

スキル▼
【拳士】▼
【拳骨ＬＶ．13】【掴むＬＶ．12】【ふんばりＬＶ．15】
【愚道者】▼
【全武器装備不可ＬＶ．１００】【耐性経験値増加ＬＶ．10】【クラス経験値増加ＬＶ．8】
【吸呪ＬＶ．14】【吸傷ＬＶ．8】【自己解呪ＬＶ．12】【自己快癒ＬＶ．13】

うん、リアクションがとりづらい。全体的にあがった感じ、それのみだ。

まぁこれから魔物を倒したりすればレベルは上がるはず。今後に期待しよう。

そうこうしているうちに眠たくなり、そのまま眠ってしまった。

次の日、フクちゃんの警報で起きると、すぐに給仕がやってきた。昨日とは違う動きやすい服に着替えさせられると、朝食だと言われた。ファス（とフクちゃん）は部屋で待機だそうだ。案内された場所は広い場所に白いテーブルクロスがかけられたでかいテーブルがあり、量が少なそうなご飯が皿に盛り付けられている。

「ヨシイ様、お待ちしておりました」

そこにいたのは伯爵（ヤバイ名前忘れた。あとでファスに聞こう）だった。

挨拶もそこそこに、朝食を食べていると今日の予定を聞かされた。どうやらこの後、闘技場で転移者と王様とが謁見するらしい。なんで闘技場？　と聞くと勇者と聖女のスキルを披露するためらしい。

それが終わったら僕は伯爵の家で厄介になるとのこと。

「ところでヨシイ様。体調は良いですか？」

「はい、おかげさまで快調ですよ」

「そうですか、それはよかった。医者が言うには問題ないとのことだったのですがやはり心配でして」

何か含みがある言い方だったな。

そんな話をした後、馬車に乗って闘技場へ。ローマの闘技場をイメージしていたがどちらかと言うと競馬場のような建物だった。中に入ると石畳の広場がありそれを観客席が囲む、まさに闘技場という感じの光景が広がっていてなんか安心する。そうそうこれでいいんだよ。

闘技場に入ると観客席には質の良い服装をした、いかにもな貴族達がいた。アグーも伯爵もいるな。ゲっ、目が合ってしまった。アグーは忌々しそうにこちらを見ている。無視して進むと並ぶ順番は決まっているらしく、一列に二十人ほどが横並びでさらに僕は真ん中だった。

ちょんちょんと肩を触られる。昨日もあったな。振り返るとやっぱり桜木さんだった。小声で話しかけてくる。今日はドレス姿ではなく、真っ白なローブを着て髪を結んでいた。

「昨日はゴメンね。なんか勇者と聖女は一緒にいたほうが盛り上がるからって、なんていうか露骨にくっつけようと大臣さんがうるさくって。翔太君もそのほうがいいって思っているみたいで……」

「嫌なの？　勇者だし、イケメンじゃん」

「昔から一緒にいて大事なお友達だけど、そういうのはないかなぁ。それにこっちの世界に来てから様子がおかしくて、なんだかちょっと攻撃的になっちゃってるの」

哀れ翔太、僕は君に同情するぞ。大事な友達ならまだチャンスはあるだろう。彼の今後に期待したい。

いやまぁ実際桜木さんと翔太がくっついたらそれはかなりショックではあるが。

「それで僕をダシにしたと」

「違うよ！　本当に会えて嬉しかったから話しかけてみただけで」

ちょっと大きな声で桜木さんが反論する。列の端っこにいる宙野君に気付かれるから静かにしてほしい、と思ったら、宙野はすでにこっちを見ていたらしくばっちり僕と目が合ってしまった。

桜木さんもそれに気づいたらしく、とりあえずその場は二人とも沈黙した。

しばらくすると、王様らしい立派な衣装をまとった壮齢の男性が現れた。伯爵といいこの世界の貴族はかっこいい人が多いなぁ。アグー？　知らんな。

そして、その横には三人の女性がいた。お姫様ってわけか、その中に見覚えのある赤毛がいた。目が合うとウィンクされた。……なるほど、あのメイドは思ったよりもずっと高貴な方だったらしい。なんでメイドなんかやってたんだ？

他の二人は母親が違うのかそれぞれ髪の色が違っていた。一人は金髪で動物に例えると鷹のような鋭さをもったスレンダーな美人さんだった。次にいるのはパーマがかかったブラウンの髪で動物に例えるなら……マナティー？　つまり、その、いささかふくよかな女性だった。

そんなことを考えている間に王様のありがたい話は終わっていたらしい。完全に聞いてなかった。

その後にお姫様たちの話が続くと思っていたが大臣が前に出てきて、美麗な文句を並べた後に勇者による演武を行うと宣言した。まわりの貴族たちもどよめいている。

僕としても勇者のスキルがどんなものか見てみたかったし。少し楽しみだ。

「それでは勇者による演武を行いますので、ソラノ様とその相手を務めるヨシイ様以外は観客席に移動してください。勇者のスキルは大変強力ですので魔術による結界を張ります」

観客席に移動か、魔術による結界ってすごいな。……えっ？　今なんて言った。ヨシイって言ったか？　同姓の人間がいたのか知らなかったな。

一縷の望みを持って周囲を見渡すが、誰も残っていない。やっぱり僕しかいないか、こんなの聞いてないぞ。

「決着をつけよう吉井。僕と勝負だ」

そう言って宙野が剣を突きつけ宣言した。周りで黄色い声援が上がる。これだからイケメンは。

「拒否したいんだけど、というか昨日僕のクラスが弱いって知ったよな」

「そういう問題じゃない。これは男の戦いだ。闘技場の武器を好きに使っていいらしいから好きな武器を選んで来い」

ちくしょう、話が通じない。というかそっちが持っている剣は鞘からして細やかな意匠がこらされており明らかに特別製っぽいんだけど。

「その剣は？」

「勇者のスキルに耐えうる特別な武器だ。この武器じゃないと俺のスキルに武器が耐えられないんだ」

「僕の武器は闘技場にあるものなのに不公平じゃないか？」

「武器をもらっているのなら遠慮なく使えばいい」

準備してないよ、というか武器を持てないんだよ!!　なんとかならないか、観客席を見ると桜木さんが大臣に抗議しているらしいが聞く耳を持っていない様子だ。こうなったらやるしかないか。

「籠手があるならそれでいい」

「籠手？　防具じゃないか、武器はいいのか？」

「必要ないな」

「……昨日お前のことを聞いたんだが、どんなクラスか知られていなかった。普通はどの家も召喚に成功したらどんなクラスを持った転移者を召喚したか周囲に自慢するというのに」

「だから自慢されないクラスだったんだよ」

「本当か？　実は俺を油断させようとしているんじゃないか？」

なに勝手に警戒してるんだ。

「そう思うなら戦わなければいいだろ」

「……わかった。勝負だ」

控室に案内され用意されていた防具から、動きやすそうな革の胸当てと籠手を選ぶ。籠手は上腕から手の甲まで覆うもので関節部分は伸びる素材の為（なにかの革だと思う）それほど動きを阻害されないものを選んだ。丈夫な指ぬきグローブみたいなもんだ。防御力はそれほど期待できないが攻撃にも使う以上、ある程度自由に動かせるようにしたかった。

さて、思えばこれが初めての本気の戦いだな。逃げたいし勝てないだろうけど、どこかワクワクしている自分がいる。

眼を閉じて、息を鼻からすって口からゆっくり吐き出す。合掌し精神統一。稽古前の決まり事だった。

通路を歩き闘技場へ戻る。なんとなく予感がして【位置補捉】で調べると、見慣れたローブが観客席の隅にいた。ファス、来ていたのか。どうやって来たのかしらないが、これは頑張らなくっちゃな。

前を見ると、頭部以外がフルアーマーの【勇者】宙野が仁王立ちしている。どうせそれも特別な鎧なんだろうな。僕が闘技場に入ると周囲に魔力が張り詰め結界が張られる。逃げるのも無理そうだ。

喧嘩の時はどんなに怖くても笑えという祖父の言葉が頭をよぎる。まるで走馬灯みたいだからやめてもらいたい。

開手を中段に置き右足を前に出し半身に構える。そして強がりの笑みを顔に張り付け、開始の合図を待つ。

さぁ勝負だ。

合図のラッパが鳴り響き、宙野が諸刃の剣を振りかぶる。僕が持つ魔力のイメージが彼の剣に集中する。ギースさんの『飛ぶ斬撃』とは比べ物にならない熱量を感じる。見て回避できないほど速い『飛ぶ斬撃』がくることも考えて、初っ端は剣の振り下ろしと同時に飛びのこうと【ふんばり】

を発動させ準備する。

「オォォ、【地喰らい】!!」

美しい剣身が示現の太刀のように力強く振り下ろされる。同時に『飛ぶ斬撃』が放たれた。

横っ飛び、重し付きの具足が無い状態なので余裕をもって一歩で移動できた。

【地喰らい】と呼ばれた『飛ぶ斬撃』はギースさんの【空刃】と速度はそれほど変わらないが、その大きさは四倍ほど（縦に六・七メートルほど、僕の家の高さくらいだ）、横幅はわからないがそれほど太くはなさそうだ。そして【空刃】とは軌道が違う。そのでかい衝撃波は斜め下というか地面に向かってサメの背びれのように進み、地を割りながら潜ってゆく。あれを受け止めたらすり潰されるな。その軌道から射程はそれほどないと思いきや衝撃波がでかいので端の結界のところまで届いていた。流石勇者、大した威力に大した射程だ。

「ヤバすぎだろ……」

ギャラリーも大いに盛り上がっている。ファスを見るとさっきまで隅っこにいたのに最前列まで来ていた。ローブで顔は見えないが、心配しているのかもしれないな。

……周りを見る余裕があるとは、ギースさんのおかげだな。

よそ見をしているとさらにもう一発、斬撃が飛んできた。難なく躱し距離を保つ。

このままひたすら躱すのもいいけど、せっかくだからこっちからも仕掛けたいな。体の感覚を確かめながら相手とリズムを合わせる。狙うのは振り下ろしのタイミング。今の脚力なら懐まで踏み込める。

横切りの『飛ぶ斬撃』はしゃがむなり、跳ぶなりして躱す。

稽古では躱すことが困難な剣技に押され距離をとると『飛ぶ斬撃』で追撃されるなど様々な選択肢の中の一つとして使われていたが、宙野はただ振りかぶってスキルを放つだけ、モーションにフェイントもなにもない。スキルの影響か振り下ろしの軌道は美しいがそれ以外はてんで素人だ。

「動くなぁ、【乱れ空刃】!!」
ゲ、複数の【空刃】が飛んできた。さっきまでと違い動きが不規則で読めない。軌道も弧をかいており予想がしづらい。
これは躱しきれない、衝撃波の側面を手の甲で【掴み】そらす。

防がれたとはいえ当たったことに気を良くしたのかそこから数十秒はずっとそのスキルだった。

少しでも当てようと距離を詰めてくる。防ぎきれず一発被弾し吹っ飛ぶ。

腕がじんじんと痺れる。直撃ではないものの割と痛い。

後ろ回り受け身、足がつき次第跳ねて距離をとるが、いやに正確な【空刃】がまとわりついてくる。

【拳骨】を強めに発動、衝撃波を側面から弾く。続いてくるであろう【空刃】に備えるが次弾は飛んでこない。

「フゥ、ゴクゴクゴク」

なんかポーション的なものを飲んでいた。

「ジャッジィイイイイ。アレありか!?」

ジャッジ的な立場の人間がわからなかったので大臣に叫ぶが、無視される。桜木さんはまだ大臣に抗議してくれているようだった。

まぁ最初からあてにしてないが、しかしこのままだとゴリ押しされるだけだ。ポーションを飲んで魔力を回復したのか、また【乱れ空刃】が飛んでくる。心なしかさっきより威力が上がっている気がする。

必死で躱しながらどうするか考える。まぁ攻勢にでるしかないが、弾幕（斬撃幕？）を掻い潜れん。無理に進み下手に被弾したらその次が躱せなくなる。

——よし、決めた。

飛んでくる【空刃】を受ける。正面からだと切られるので足捌きを用いて側面から延々と弾き続ける。一教の要領で諸手の手刀を当て弾く、力ずくで殴りつける、掴み反らす、とにかく受けて受けて受けまくる。腕が悲鳴をあげるが、顔には余裕の笑み（引きつっているだろうけど）を浮かべさもこんなことできて当然と挑発する。

「軽いな、何発撃っても同じだ」

「黙れ!!　これならどうだ!!」

きたっ!　宙野が最初の斬撃のように剣を振りかぶる。あの【地喰らい】とかいう斬撃なら隙が大きいから懐まで踏み込める。そうなりゃこっちのもんだ。距離をつぶせば『飛ぶ斬撃』はただの大きな隙でしかない。

ここがチャンスと、今度は入り身をするために地面を踏みしめ身体をやや前傾姿勢にする。

その時、不意に頭上に魔力を感じた。感じることができたのは日ごろ魔力の観察の仕方をファス

に鍛えてもらったからだ。でなければ気づけなかっただろう。

見上げた瞬間、視界が白く染められる。次の瞬間激痛が身体を襲う。

痛い、熱い。様々な感覚が頭に浮かんでは消える。そして最後に感じたのは『痺れ』だった。

「電撃……だと」

足の力が抜けて前のめりに倒れる。そして、正面の【勇者】の剣が振り下ろされるのを何もできず、ゆっくりと見つめた。

「【地喰らい】」

無慈悲な宣言とともに巨大なサメの背びれのような衝撃波がガリガリと地面を削り飛んでくる。

「動けぇ！」

痺れている体に活を入れ、うつ伏せのまま顔をあげ右手で衝撃波の側面を叩いて身体を衝撃波の正面からずらす。それが精いっぱいだった。

そのまま衝撃波に巻き込まれ引きずられる。それはさながら大根おろしのようで（あるいは紅葉おろし）、自分の左半身が削れていくのを感じながら結界がある闘技場の端まで運ばれた。

◆◆◆

……歓声が聞こえる。皆が声をあげて熱狂している。片目は血で見えないが宙野が剣を掲げ勝鬨《かちどき》を上げていた。

誰かがやってきた。昨日の絡んで来た魔術士を自称していた茶髪だ。動けない僕の首から【鑑定防止】のネックレスを引きちぎり、紙を当てて鑑定をした。

「なんだお前、本当にクソ雑魚じゃん。【愚道者】に【拳士】。しかも武器が装備できないのかよ」

「大丈夫か真也!! おい桜木、早く治療を」

「吉井君!! すぐに治すからね【星癒光】」

悟志と桜木さんが息を切らせて走ってきて、桜木さんがスキルを発動させた。回復術か？ あたたかな光で体の痛みが癒えてゆく。

「ご主人様!!」

（マスター！ マスター！）

ファスとフクちゃん（フクちゃんは声だけだ。ファスのローブの中に隠れているのだろう。他の人には声は聞こえてないようだ）も来た。また、カッコ悪いところ見られたな。

「えっ、吉井君、ご主人様って!? と、とりあえず今は治療を……」

「あん？ なんだお前の従者か、おいお前どこの家の付き人か知らねぇけど、コイツのクラス知ってんの？ 超ダセェから、コイツに価値なんてねぇぞ」

「黙りなさい!! 結界越しでわからないようにしたようですが、あなたが電撃を放ったことは私にはわかります。よくもご主人様を……恥を知りなさい！」

（マスター、コイツ、コロスネ）

「信じらんない、本当なの？」

えっ、そうなの？ 全然気づかなかった。てっきり宙野のスキルなのかと思ったが。あとフクちゃん落ち着いて。悟志は無言で矢をつがえていたのでそれも足首を掴んで止めさせる。

体の感覚が戻り意識が鮮明になってくる。桜木さんのスキルはすさまじくかなり重傷だったはずだが。すでに血は止まり、【自己快癒】も相まって大分楽になった。

「誰かがチクったか。言っとくけど追及しても無駄だからな。なんせ大臣直々のお願いでな、お前が善戦すると【勇者】の価値が下がるんだとよ。じゃあな【宴会芸人】。お前のクラスは俺が晒しといてやるよ」

そう言って、鑑定紙をピラピラ振りながら勇者を取り巻く人垣の中に消えていった。

「止めてくる」

「やめとけ悟志、お前の立場まで悪くなるぞ、ここであいつをしばいても何にもならん」

「吉井君、まだ動いちゃダメだよ。安静にしないと、もう一回、回復を」

「ありがとう、桜木さん。でももう大丈夫だ。ファスとフクちゃんは落ち着け。カッコ悪いところみせたな。あー悔しい、ファス行くぞ」

そう言って立ち上がる。正直まだだるいけど、今はこの場を離れたかった。

「吉井君⁉　動いちゃダメだよ」

「真也、大丈夫なんだな？　……桜木、そっとしておいてやってくれ。真也、後で屋敷に行くからな」

「ほ、本当に大丈夫なの？　わ、私も絶対お邪魔するから。治療もしたいし、あとそちらの方を紹介してもらいたいしね」

とファスを見て言った。そのまま二人に見送られて闘技場の通路に戻る。

ファスに肩を貸してもらい通路をゆっくり歩く。

「……なぁファス」

「はい、ご主人様」

「僕さ、この一カ月でちょっとは強くなってた気がしたんだ」

「ご主人様は強くなりました」

「でも負けた」

「あれは、敵の不意打ちです。それが無ければご主人様は勝っていました」

「そうかな」

「そうです」

「でも悔しいよ。こんなに悔しいのは初めてだ。勝てないとは思ったけどもうちょっとできることがあったと思うんだ。ギースさんに教えてもらったこと全然活かせなかった」

「私も悔しいです。また何もできませんでした」

「なぁファス」

「はい、ご主人様」

「抱きしめてもいい？」

「どうぞご主人様」

ローブに顔をうずめるとファスは抱き返してくれてローブの隙間からは心配そうにフクちゃんが僕を見ていた。そのままフクちゃんとファスを抱きしめ、少しだけ泣いた。

閑話一：ファスの誓い

私、ファスの一生は特に語ることもないものです。おそらく本にすれば数ページほどの薄っぺらいものでしょう。そしてこのまま死ぬと思っておりました。ご主人様と出会うまでは。

一番古い記憶は、仮面をつけた女性が赤ん坊の私を育ての親ともいえるお婆さんに渡した場面です。お婆さんは森の奥に住む魔術士で種族は人間でした。なので私も自身を人間であると思っていたのですが、……まさか私の種族がエルフだとは思ってもいませんでした。

もらわれて七年がたった夜に私が呪われているとお婆さんに教えてもらいました。

「お前は、呪われている。その呪いのせいでお前は赤ん坊の時に死ぬはずだったが私が生き延びさせてしまった。それでもお前が早くに死んでしまうことはかわりない。許しておくれ、私はお前が苦しまずに眠るように死なせることもできたというのに。許しておくれ」

お恥ずかしい話ですが、私はその時少し喜んでしまったのです。なぜかって？　お婆さんの本棚の本に呪われたお姫様が王子様に呪いを解いてもらうというおとぎ話があったので、私も王子様に助けてもらえるのだと思ってしまったのです。

でも、そんなことは幻想だとすぐにわかりました。ある日、お婆さんの家に薬を買いに来た人の好さそうな父親と可愛らしい三つ編みの少女の親子がいました。私はダメだと言われていたのに奥の部屋からひっそりとその様子を見ていました。

そして、物珍しそうに薬を物色していた少女が私を見たのです。私は『こんにちは』と言おうとしました。でもその前に少女がこう叫んだのです。

「きゃあああああああ、化物!!」

少女は泣いて外に飛び出してしまったのです。その夜、私はお婆さんに聞きました。

「お婆ぢゃん、あのごはなんでファズを化物と呼んでいたの」

私はその答えを本当は知っていたのです。だっておとぎ話のお姫様の挿絵は花のように美しく、髪もなく鱗に覆われた私とは違っていて、それはもしかしたら致命的な違いなのではないかと幼いながらに感じていたからです。

お婆さんは泣きながら私を抱きしめてくれました。【忌避】を持った私を抱きしめることは苦痛だったでしょうに。

それで私はわかったのです。私が口に出せないほどおぞましい姿をしているのだと。

そのほかの記憶の大半は、体の痛みや頭痛、熱など様々な痛みとともにありました。辛いと言えばそうなのでしょうが私が調子が悪くなって倒れるたびにお婆さんが丁寧に介護してくれるのがちょっと嬉しくて。だから生きてこられたのだと思います。

体の調子がいいときは色々なことを教えてもらいました。薬草の煎じ方、文字の読み方書き方、食器の使い方、獣の捌き方。おおよそ人として生きていくために必要なことを教えてもらいました。

私はそれが無駄に終わるであろうことを申し訳なく思いながら、それでも必死に学びました。お婆さんの期待に応えたかったのです。

そして、私がもらわれてから十六年が経った夜、お婆さんは老衰で死んでしまいました。お婆さんは最期に私の鱗に覆われた頬を優しく撫でてくれました。

私も後を追って死のうとも思いました。でもそれはどうしてかできませんでした。なぜ死ななかったのか『その時は』自分でもわかりませんでした。

そしてお婆さんが死んだことをどこからか知った、近くの村の人間が家捜しを始めました。お婆さんの薬も本も全て盗られました。そして私を見つけ、たまたま近くに奴隷の買い付けに来ていた奴隷商に二束三文で売り渡したのです。

そしてここから私の物語が動き始めたのです。黒い髪に黒い眼のどこか頼りなさそうな少年との出会いによって。

奴隷商に引きずられ服をはぎ取られ、晒された私を少年は真っすぐに見てその瞳が憐れみに染まりました。

そしてその少年と契約を強制され、私はその少年の【奴隷】となりました。生まれて初めて与えられた役割でした。

ご主人様となった少年が無表情に詰め寄ってきます。その様子はパンパンに膨らんだ革袋のように危なげなものでした。そしてご主人様は私の首に手をかけてこう言います。

「もし死にたいなら、殺してあげるけどどうしてほしい？」

あぁ、この言葉を聞いた時の衝撃は忘れることができません。私は怒ったのです。人生で初めて、怒りました。心の底から感情が湧き上がって抑えることができませんでした。

お婆さんが死んだとき、私は後を追って死ぬことはできませんでした。その理由がこの時にわかったのです。私が死んでしまったら、お婆さんが私に注いでくれた愛を否定することになるではありませんか。

殺されることも呪いで死ぬことも仕方ありません。

でも私が私を殺してしまうことはできません。だってそれはお婆さんが尽くしてくれたこれまでの時間を私が否定することになるのです。ご主人様の言葉でそれに気づいた私は。

「死にだくない」

そう口に出しました。その時のご主人様の顔ときたら、まるで迷い子が母親を見つけたような泣き顔でした。

その後叫びながら私に縋るご主人様を見て、この人も苦しみの中にいるのだと思いました。そしてこんな私でももしかしたら助けになれるのではないかと、泣き疲れて眠りについたご主人様の髪を撫でながら何に誓うでもなく自然にそう思ったのです。

そこからのお話は、どこから話せばよいか。一番の驚きは私の呪いが解けるかもしれないということです。ただしご主人様にも負担がかかるので心苦しいのですが、なぜかご主人様は私に恩義を感じているようでことあるごとに自分を犠牲にしてしまいます。

その度に私は恩返しをしなければと思うのです。誰かに何かをしたいと思うことがこれほどまでに生きることを輝かせるなんて私は知りませんでした。お婆さんもそうだったのでしょうか。

その後、いろいろあって帝都に着きました。屋敷の内情をフクちゃんが調べ上げ（フクちゃんは本当にすごいです。私もフクちゃんのように役立てる存在になろうと思っております）、いくつかの真実とご主人様が勇者と戦うことになることを知り、いてもたってもいられず、屋敷を抜け出し闘技場の方へ向かいました。

運動不足のこの身体は少し歩いただけで鉛のように重くなり、心臓は早鐘のように脈打ちます。まったく情けないかぎりです。ご主人様は重りをつけて延々と走り続ける訓練をしていたそうです。私もそうするべきです、時間ができればすぐにでも実践しましょう。

闘技場に着くと、フクちゃんの助けを借りて中へ忍び込みます。そこは異常な雰囲気でした。誰も彼もが尋常でない目をして騒いでいます。そしてご主人様の戦いが始まりました。

初めて目にするご主人様の戦う姿は普段からは想像もできないほど（普段もかっこいいのですよ）勇ましく闘士として立派なものでした。

相手の勇者は焦っています。最近呪いが解けてきているせいか目が良く見えます。遠くのものでもしっかりと細かな部分まで観察することができるのです。結界のせいか魔力の流れは見えづらいものでしたがそれでも勇者と呼ばれている男が追い詰められていることはわかります。

途中勇者がポーションを飲みました。そこから男の焦りと恐れが消えたのがわかりました。恐怖を麻痺させる薬なのでしょう。ご主人様にはそんなものはありません。私にはご主人様が虚勢を張っていることがわかっていました。ご主人様は恐怖の中にいます。それでもその動きはいささかも鈍りません。怖いはずでしょうに、痛いはずでしょうに、それでもその心は萎えることなく猛々しくあります。それこそがご主人様がこの一カ月で得た一番の成果なのかもしれません。

勇者が無茶苦茶な量の『飛ぶ斬撃』を放ちました。私の周りは流石勇者だと絶賛しております。なにが「流石勇者」ですか、あんなのインチキです。勇者の魔力というよりも剣や鎧、そして装飾具から魔力が供給されているじゃありませんか。あれ？　先ほどまで見えなかったはずの結界の中の魔力の流れが見えています。そんな疑問がでてきましたがそれどころではありません。

ご主人様は相手の懐に入るために大振りの攻撃が来るように挑発をしました。そして恐怖と思考力の抜け落ちた勇者がまんまと挑発に乗り構えます。ここからご主人様の反撃が始まると思って見ていると、観客席から魔力の流れを感じました。そしてその魔力が結界の中に入りご主人様の頭上に溜まるのも。

そしてその魔力が雷となって炸裂し、ご主人様を撃ちます。そして勇者が振りかぶった剣を……。

私の悲鳴は周りの歓声にかき消されます。その後は必死でフクちゃんの力を借りながら闘技場へ下りてご主人様のもとへ駆け寄りました。

そしてご主人様の友人と思われる二人を残してご主人様に肩を貸して通路を歩きます。

ご主人様は悔しそうに私に思いを打ち明けてくれました、私も悔しかったです。

ご主人様の頭を撫でながらここに密かに新たに誓います。ご主人様と二人で（もちろんフクちゃんも）必ず強くなります。あのインチキ勇者と不意打ちをした卑怯者の魔術士よりも必ず強くなると。無理だとは思いません。だってあれほど絶望的な場所からここまで来たのです、お婆さん見ていてください。

ファスは必ずやりとげます。

閑話二：フクちゃんの願い

——ある魔物研究者の手記——

オリジンと呼ばれる魔物についての研究は少ない。そもそも絶対数が少なく、それ故知るものは少ないからだ。オリジン種とは原種、もしくは原初を意味する種族である。特徴としては環境への適応と種として柔軟な進化が可能だということである。またこの種が生まれる魔物はおしなべて知能の低い原始的な魔物であるとされている。

なぜそうであるかはわかっていないが、生き残ろうとする本能がより強く表れるからだと私は考える。

オリジン種が生まれてくる理由は定かではないが、最も有力な仮説は環境の急激な変化があった際に、その環境に適応しようとする魔物の本能によって生まれてくるというものだ。

例えば気温の上昇現象、天敵の存在、『地脈に含まれる魔力の急激な変化』などだ。

ではこのオリジン種が魔王種のように危険な存在になるだろうか？　と言われれば必ずしもそうではない。変化した環境に適応、進化するという点においては他の追随を許さない希少な種ではあるが一度環境に適応してしまいさえすればそこからの進化はしない。

原始的な魔物の本能が持つ目的とは自らが生存することであり、種の保存である。そうであるならばある程度自らの身が安全になり生きることに困らなければ進化も適応も必要ないのだ。この危険性の低さもオリジン種の研究が進んでいない理由の一つだろう。

せいぜい少し変わった特徴をもった魔物程度になるのがオチだ。

あぁだがしかし、考えずにはいられない。

もしオリジン種が意思をもって自らの成長を限りなく望むなら、その進化はどこまでいくのだろうか。まぁそんなことは妄想にすぎないわけだが。

◆◆◆

その子蜘蛛は生まれてすぐに親に殺されるはずだった。その体躯は白く小さい。それは優秀な種を残すために子蜘蛛を喰らうという性質をもつ親蜘蛛にとって、真っ先に間引きの対象となる存在であるからだ。

突然変異で生まれ、何をするでもなく殺される。それが本来のこの子蜘蛛の運命だった。

ところがそうはならなかった。偶然にも通りかかった少年の頭に着地した（産み落とされた）子蜘蛛はそのまま少年に連れていかれ、そして少年と主従の契約を交わした。

少年は知る由もなかったが、魔物と契約する際には契約者の知識の一部が魔物に反映されるようになっている。それは契約者の意図をくみ取り、円滑にコミュニケーションをとるための処置であった。このカラクリがあるからこそ本来人間の言葉を理解できない知能の低い魔物が主人の命令を聞くのである。

子蜘蛛も例にもれず、契約者である少年の知識の一部を手に入れた。通常ならば簡潔な言葉のみを理解するだけのものであるはずのその術はオリジン種である子蜘蛛に甚大な影響を及ぼした。

子蜘蛛は本来ならば一生得ることができない他者からの温もり、その温もりを与え、笑いかけてくれた少年をもっと知りたいと、そしてもっともっと話したいと望んだ。それが最初の進化、起きるはずのない奇跡。子蜘蛛は「知性」を手にしたのだ。

フクと名付けられた子蜘蛛が次に願ったことは、マスターとなった少年の役立ちたいということだ。それは契約に強制されるものではなく、どこかお人好しで抜けている（フクと会ったばかりの真也は森で散々迷った挙句フクのナビでなんとか帰還するという情けないものだった）マスターを助けてあげなくてはというフクの思いだった。

そのためには力がいる。力を得るためには餌が必要だ、本能が狩りの仕方を教えてくれた。巣を張り獲物をからめとり毒牙で動けなくして食べる。蜘蛛としての技術を屋敷のネズミを相手に実践し磨いていった。考えがあったわけではないがこれがいつかマスターの役に立つと感じていた。

そして、部屋に戻りマスターの元へ行く。マスターはいつも疲れていてご飯を食べると寝てしまう。そしてマスターが寝るとファスと呼ばれる奴隷がこっそりとマスターの頭を撫でてニヤニヤしているのだ。

（ファス、イイナー、ボクモナデタイ）

そう言ってはフクも大好きなマスターの頭に身体を擦り付ける。

「起こしちゃだめですよフクちゃん」

そう言ったファスにも身体を擦り付ける。呪いのせいか少しピリピリするが問題ない。この少女は自分と同じくらいマスターのことが大好きで、そして頑張り屋さんだ。マスターが自分にとっての主人ならばこの少女は初めての友達だった。

ファスと一緒にマスターを撫でるこの時間はフクにとってかけがえの無い大事な時間なのだ。

ある時、訓練をしているマスターが気になってこっそり後をついて行ったことがある。そこには甲冑を着込んだ男にズタボロにされるマスターの姿があった。一瞬あの甲冑の男を殺そうと思ったが、マスターが自分の意思でそうあることを望んでいることがわかって止めた。

そして自分ももっと頑張ろうと思った。そしてフクは屋敷中のネズミと周辺の小鳥をその胃袋に収め力を蓄える。そして張り巡らせた糸を使い興味深いことを聞く。

「ねぇ、あんた。ヒールサーペントの餌当番だろ？　どうにかして粘液を持ってきてくれないかい？　あれがあればあかぎれも切り傷もすぐに治っちまうって話じゃないか」

給仕が新米の騎士にそう言っていた。フクはまだ言葉がうまくわからないので完全に理解はできなかったが、傷が治るという部分だけはしっかりと聞いた。

（マスターノ、キズ、ナオセル）

頑張って訓練しているマスターの傷を治せるかもしれないと意気揚々とヒールサーペントがいる部屋に侵入した。

そこにいたのは体長八メートルほど、胴回り二十五センチはあろうかという巨大な蛇だった。全身から粘液をだしテラテラと光っている。

フクは直感で勝てないと確信した。今の自分では返り討ちにあって殺されると。幸いヒールサーペントは首輪のようなものをつけられていて離れていれば襲ってこない。このまま逃げれば死ぬことはない。

野生であれば、自分が勝てない相手には絶対に挑まない。そいつが自分に害をなさないならばなおさらだ。しかしフクはどうしてもマスターの役に立ちたかった。役に立って褒めてもらいたかった。だから考える、考えられるように進化する。

そしてフクが考えてとった作戦は少しずつ毒で弱らせるというものだった。そのためにはもっと力がいる。その日から数日で屋敷の周辺の小動物もフクの胃袋の中へ収まった。恐るべきはその捕食を人間に気付かれずに行ったということだ。

ある時は穴を掘り、ある時は依存性のある毒で誘導し、ある時は奇襲し、迅速に効率的に狩りを行った。

そうして蓄えたエネルギーとスキルで作った渾身の毒をヒールサーペントに与える。

まずフクはヒールサーペントがいる部屋でヒールサーペントが届かない範囲のほぼ全てに糸を張り巡らせた。それは非常に細いもので人が入っても確認してもわからないように徹底されている。

そして手始めにヒールサーペント用に用意された餌に自分の毒を混ぜた。餌当番は気づかずにその毒入りの餌を器に盛って棒を使い遠くからヒールサーペントにやる。

その餌に混ぜたのは麻酔のような毒で、ヒールサーペントの感覚を鈍らせるものだった。餌を食べたヒールサーペントは眠りにつく、そうしたら張り巡らせた糸を伝ってフクは直接獲物に毒を注入し、そしてそれを繰り返す。あと少しで致命的なほどに毒が回ると確信し、最後の詰めの為の【戦闘形態】のスキルを作り備える。

するとその日の夜マスターが酷い怪我を負ってきた。あの甲冑の男がマスターをいじめたのだ。許せないが、マスターは甲冑は悪くないと言う。そういうマスターは辛そうで、フクはいてもたってもいられず、ヒールサーペントのもとへ向かった。

巨大な蛇は毒の耐性があり、完全に毒は回っていなかった。フクはそれを知っていたが【戦闘形態】をとりその喉笛に噛みつきこれまで溜めこんだ毒が炸裂するように毒を注ぐ。弱っているとはいえ本来ならば転移者の従魔になるほどの魔物、必死に首を振って抵抗する。身体を床に打ち付けその自重でフクをつぶそうとした。

それでもフクはその牙を離そうとはしない。ここで距離を取られれば近づけないと思ったからだ。日を改めるという思考はこの時のフクにはなかった。

徐々にヒールサーペントの動きが鈍くなり、そしてその動きを止めた。まだ完全に死んでいないヒールサーペントの身体に消化液を流し内側を溶かし啜る。

一体どういう原理なのか、体重二百キログラムを超えるヒールサーペントの身体はその皮だけを残し全てフクが喰らいつくした。そのまま小さな体に戻りヨタヨタと部屋に戻る。ヒールサーペントの力を手にした実感があった。これを使えばマスターの傷を治せる。

マスターは褒めてくれるだろうか？　戦闘のダメージでまともに動かせない身体を必死で操りながらフクはそのことだけを考えていた。

意識がもうろうとする中でフクは願う、もっともっと強くなりたいと。たとえこの世界の全てが敵になったとしてもマスターを（もちろんファスも）守りきる力が欲しいと願う。それだけじゃない、ボクもファスみたいに抱きしめてほしいし、他にもマスターといっぱいいっぱいやりたいことがあるのだと。

それは子蜘蛛自身も気づいていない。

その願いを叶えるだけの可能性がその小さな白い体にあるということを、「願い」を持つ進化する種族の強さがどれほどまでになるかを、今はまだ誰も知らない。

閑話三：最初の誤算

真也が闘技場から去った後、【勇者】宙野は胸を撫でおろしていた。大振りを誘われた瞬間こそは嫌な予感がしたが、気のせいだった。やはり勝つのは自分で、【聖女】である桜木叶もきっと俺の傍が相応しい場所だとわかってくれると確信していた。

観客席では叶が護衛の制止を振り切って転がるように下りてくる。宙野は自分の元に叶が祝福を言いに来てくれたのだろうと両手を広げた。

「見てくれたか、叶。やはり君は俺の横にいるべき――」

叶は宙野へ一瞥すらくれず横をすり抜けて、真也の元へ向かっていく。

「吉井君!!　すぐに治すからね」

泣きそうな声でそう叫ぶ叶を見て、宙野は思わず剣の柄を握りしめる。しかし、ここでいけば自分の格が下がってしまうし、あまり一人の女性に肩入れしている所を王女達の前で見せるのも良くない。そんな打算が働き、落雷を真也に落とした仲間に合図を送って真也の元に行かせる。企みは上手くいき、真也の【クラス】が白日の下に晒された。

転移者の象徴である強力な武器も扱えず。役に立ちそうな【スキル】も持っていないできそこない。そんな評価をこの場と仲間を使って【転移者】達や貴族に広める。真也を召喚した貴族の面子は地に墜ちるだろう。そうなれば、奴のこの世界での後ろ盾も無くなる。そんな奴ならば叶も愛想を尽かすにきまっている。

「おい、宙野見ろよ。あの宴会芸人、恥ずかしくて逃げ出したぜ」

真也を煽り、雷を落としたクラスメートの茶髪がローブを着た奴に支えられた真也を指さす。

「……いい気味だ」

優越感に浸りながら宙野は貴族にアピールし、叶に近づく。すると葉月悟志が身体を間に入れ込んだ。

「何だ？」

「……真也はダチだ。覚えてろよ」

「君か。確か優秀な【クラス】を持っていたらしいね。止めといたほうがいい、俺についた方が得だぞ」

付き合ってられないと悟志は舌打ちをして出口に向かい。叶もそれに続こうとする。

「待ってくれ叶。この後一緒に食事でもどうだ？」

「話しかけないで」

取りつく島もなく叶は早足で去っていく。

「いいのか？　大臣に言えば桜木を無理やり、やり込めることだってできるだろ？」

茶髪の言葉に宙野は首を横に振った。

「叶を召喚した『教会』はそれなりに権力がある。今は手荒なことはできない。なに大丈夫さ、叶は昔から聡い子だった。すぐに自分の居場所に気付くよ」

闘技場から出た叶は、急いで自分を召喚した教会へと向かった。

「……待っててね真也君」

やることは山ほどある。まずは、真也君の身辺状況を調べて、無理やりにでも身柄を手元に置きたい。その上で強くなる必要がある。後ろ盾だけでは結局力で従わされる……もしものことも考えてレベル上げに加えスキルの理解を深めないといけない。傷ついた真也とその横に寄り添っていた女性の存在が叶の背中を強く押していた。

宙野の誤算はか弱いと思い込んでいた最愛の幼馴染の想いの強さを認めようとしなかったこと。彼はそのことを強く後悔することになる。

第二章

初めてのダンジョン編

秘拳と爆炎、そして芋

またしても醜態をさらしてしまった。勇者（茶髪アシスト有り）に負けた挙句、悔し泣きしてそれを慰めてもらうという……あぁ恥ずかしい。

何となく気まずくて帰りの馬車の中でフクちゃんを膝に置いて撫でる。ファスもなにやら黙っていて非常に肩身がせまいぞ。

「…………」↑僕
「…………」↑ファス
（ナンデ、ダマッテルノ？）

フクちゃんよ、雰囲気を察しておくれ。

「あぁ、すみません。貴族達のことを考えていたんです。そうだご主人様にも伝えたいことが」

ありゃ、ファスは考え事をしていただけらしい。空気が読めてないのは僕だったのか。

「戦いの後で心苦しいのですが」

「いや、話してくれ。ケガならもう痛くないしな」

強がりじゃなくて本当に平気だ。桜木さんの回復術は大したもんだ、馬車でフクちゃんの【回復泡】も傷に擦り込んだしな。

「では、ご主人様が持ち帰ってくれた夜会の食事に入れられていた毒の内容がわかりました。どうやら気分を高揚させ思考を鈍らせるものだそうです。フクちゃんが昨日の毒を再現して屋敷の人間に対して試した結果わかりました。毒というより薬といったほうがよいかもしれませんが」

と小声で言ってきた。えぇ……。何してるんですかファスさん。

「えーと、大丈夫かそれ。問題ないのか」

「転移者に食べさせるものです。危険度は低いでしょうし、どんな毒か把握しておくことは必要です」

「そりゃそうだろうけど、というかフクちゃん、再現ができるならそんな物騒なことしなくても、その毒がどんなものかわかるんじゃないのか？」

（ビミョー、チョットワカルケド、ワカラナイコト、イッパイ）

「詳しくフクちゃんに聞いたのですが、えーとそうだ、料理に例えましょう。フクちゃんのしている毒の再現というのは調理の過程をすっ飛ばして料理の完成品をだすようなもので、通常の生成に比べると調理の方法や味付けがわからないという感覚で、その毒がどんなものか詳しくはわからないみたいです。今のフクちゃんでは毒を理解するために自身をその毒に侵されるか人に使うかする必要があるみたいです」

なんか最近、僕のいないところで二人がよく話しているようでちょっと寂しい。仕事で忙しい父親ってこんな感じなのだろうか。

「なんとなくわかったけど、過激だなぁ。次からそうするときは僕に試してくれよ。耐性があるから大丈夫だし」

「その場合は私が実験台になります。実はそうした理由は他にもありまして。ご主人様の朝食にもこの毒が混ぜてあったのです。これもフクちゃんが屋敷を探索して見つけました」

フクちゃんの有能さが天元突破しそうだ。

「伯爵との食事に混ぜてあったのか？　そういややけに体調を気にしてたな」

「おそらくは転移者が異世界に来てパニックを起こさずにするための方策でしょう。洗脳のためではないようです。もちろん全ての貴族がそうしているわけではないでしょうが、あまりいい気分ではありません」

「その毒に麻薬のような依存性は？」

（ナイヨー）

膝から返事が返ってきた。それでもいい気はしないな、でもそれを誰に言うというんだ。とりあえず後で屋敷に来るという悟志と桜木さんには伝えておこうか。

「伯爵は理解しているのかな？」

いい人だと思っていたのだけど、だとしたらショックだなぁ。いやある意味転移者のことを思ってやっているとも考えているのだろうか。

「知らないというのは不自然だと思います」

「だよなぁ。後で悟志と桜木さんに教えないとな」

「あの、ご主人様。闘技場で見たお二人は、その……ご友人ですか？」

「そうだよ、数少ない僕の友人だ」

「そうですか」

おっ、ちょっと嬉しそう。どこに反応したんだ？　まぁそれは置いといて。うーん、これからどうするかなぁ。

この件だけで伯爵を悪人だと思うのは少し性急な気がするが、それでも警戒をしないわけにはいかないだろう。あの赤毛メイド、じゃないやお姫様はこのことを知っているのか、それも気になるところだ。

あぁ面倒くさい。やはり逃げるのがいいのではないだろうか？

そんなことをファスに話しているとあっという間に屋敷に戻ってきてしまった。

とりあえず部屋に戻ってじっくり考えよう。

「あの、ご主人様。私、実は無断で抜け出してしまったのですが……」

「別に正面から戻ればいいだろう。僕と一緒ならそう強くは怒られないさ、いざとなれば僕も謝るよ」

「すみません」

シュンとして申し訳なさそうにしているのが可愛くてフード越しに頭をなでると少し気持ちが和らいだようだ。

実際のところ怒られるなんてことはなく、屋敷に入ると初めて見る執事が現れて、すぐに医者を手配すると言われた。やんわりと断って部屋に戻るというと、まだ部屋の準備が整ってないから別の部屋で休んでほしいとのこと。正直さっさと横になりたいのだが……宙野に与えられた傷は桜木さんのおかげで治ったものの、疲労感が消えたわけでは無い。

まぁ勝手に帰ってきちゃったしな。伯爵のことを聞くと勇者が主役の夜会が開かれておりそっちに参加しているらしい。

言われるがままに案内された部屋に入ると先客がいた。ハゲ頭にチョロンと乗った金髪、でっぷりとした腹、アグー子爵だ。そしてジャイ〇ンに付き添うス〇オのようにソヴィンと呼ばれる細身の召喚士が立っていた。

無言で戻ろうと振り返るが扉が派手な音をたてて閉まり。ガチャリと鍵がかけられる。

「……任せた」

一歩前に出て、フクちゃんにファスを守れと言外に指示を出す。

(マカセテ)

と念話が飛んでくる。さすがフクちゃん。ファスは僕が守りやすいように真後ろに位置取る。

「ご主人様、周りに結界を張られています。発動されるまで気づきませんでした、申し訳ありません」

と耳打ちをしてきた。

(マスター、ボクノイトガ、ナクナッテル)

どうやらフクちゃんが事前に張っていた糸もなくなっているらしい。そのせいで警戒ができなかったと。

これはどう考えても罠だろう。最悪この場で戦闘になるかもな、いやそれならこの場に二人が直接いるのはおかしいんじゃないか？

開手を中段に置くいつもの構えをとって、不意打ちにそなえる。

「そう構えんでくれ、転移者どの。ワシはあなたと話すためにきたのだ」

やつれた顔でアグーがこちらを睨みつけてくる。

「じゃあ、今すぐに周囲の結界を解いてくれませんか？」

話をしながら集中して魔力の流れを読んでみると、足元に熱を感じる。なんかしているのは明白だ。アグーはグフフと笑い、こちらを見ている。その眼はやけになったギリギリの人間のそれだ。僕も首を吊るときあんな目だったのかな？　最悪のことを考え【吸傷】を発動する覚悟を固める。アグーはグフグフ笑い話を続ける。

「そうしたら、逃げ出してしまうだろう。何、そう時間はかからんよ。ほんの少しだけワシが犯した罪について聞いてもらいたいだけだ」

「罪？」

「ワシの領地は小さいが鉱山があり、先代からの蓄えもあって、まぁそれなりに裕福な暮らしをしていた。だがワシの代になって鉱山からの収入は減り使う金は増える一方だった。オークデンの家を守るためには新たな稼ぎが必要だった。そのあてを探していた折に転移者召喚を行える地脈の暴走が起こるという話を聞いた。転移者がいれば国から報酬がでる。転移者が活躍すれば出資者にも困らない。だが残念ながらワシの領地に地脈の暴走による魔力溜まりは起きなかった」

「起きなかった？　ならどうやって僕を呼んだんだ？」

そう僕が聞くのと同時に、後ろからファスが息を呑む音が聞こえた。

「まさか、地脈を塞いだのですか!?　そんなことをしたらどんな影響があるかわかりません!!」

ダミ声を忘れているぞファス。まぁこの期に及んでは些細なことか。幸いアグーはファスの声については興味を持たなかったようだ。

「その通りだ、奴隷のくせに学がある」

顎でソヴィンに話すように指示を出し、心なしか前見た時よりガリガリなソヴィンが前に出て解説を始めた。この隙に逃げられないもんかなぁ。

「本来、地脈を塞《せ》き止めても地脈が暴走することはありませんがネ。しかし地脈が暴走しやすい基盤がある時期ならばちょっときっかけを与えてやれば地脈の暴走は再現できるのですよ。ただしそれは意図的に災害を起こすことと同義であり、重罪ですがね。しかしそんなことは召喚さえ上手くいけば問題なかったのです。それがまさかこんなことになるとは……」

知らんがな、というかそんな方法で呼んだから僕の能力がおかしくなったんじゃないか？

「結局その地脈の塞き止めで起きた『影響』のせいでワシの進退は窮まったわけだ。そう遠くない未来にオークデン家は取り潰されるだろう。だがその前に貴様だけは、我が家の凋落の原因たる貴様だけは許さん!!」

アグーのその言葉を合図にソヴィンが魔力を結界に流す。すると足元に魔法陣が浮かび上がり始めた。

というか体が上手く動かない。

「うおっ、なんだこれ。ファス大丈夫か？」

「ぐぅ、大丈夫です。これは、召喚陣？　いえ少し違うようです」
（コロス）

フクちゃんが戦闘形態でファスのローブから飛び出す。驚いたのかアグーは後ろにひっくり返る。いい気味だ。しかしフクちゃんも満足に動けないのか床に打ち付けられる。

「フクちゃん大丈夫か？　チッ、よくわからないが二人とも僕の近くにいろ」

フクちゃんの近くに移動しながらファスを引き寄せる。最悪なにがあっても二人に【吸傷】を行えるようにしたかった。

「ソヴィン、変な魔物がいるぞ早くしろ」

「ご安心を。もう、転移に入りました。逃げることはできません」

「グッフッフ、貴様を呼んだせいで起きたことだ。それが貴様を殺すのだ!!」

そのアグーの声を最後に景色が歪み体を浮遊感が包む。この世界に来た時に似ている。片腕でファスを、もう片方の腕でフクちゃんを抱きしめ奇妙な感覚が過ぎ去るのを待つ。

バッシャンと水に落ちる感覚、というか本当に落ちてる。一瞬パニックになるが足はつく。干潟のようなぬかるみにつかり全身泥だらけだ。確認するとファスもフクちゃんもちゃんと両腕の中にいた。

「ファス、フクちゃん。大丈夫か？」

「はい、ありがとうございます。あの陣は転移陣でしたか」

（ドロドロー）

二人とも無事だ、よかった。あたりを見渡すと沼地のようだが様子がおかしい。なんと例えたらいいのか、まるで森がその部分だけ腐り落ちたような光景がそこにあった。枯れ木であったり腐った木が散乱し、地面は臭《くさ》い泥が広がっている。そして立ち込める魔力の量が半端じゃない。闘技場の結界内のような密閉された感覚だ。

「ご主人様。これはおそらく……ダンジョン化した場所だと思われます。おそらくはこれが地脈を塞いだ影響かと」

（マスター、ココ、ボクガ、ウマレタモリノ、オクノホウ）

……なるほど、地脈を暴走させた結果発生したのがこのダンジョンで、場所としてはフクちゃんと出会った森の深部であると。なんなら森の浅い場所にオウガスパイダーがいた原因も多分このダンジョンのせいなんだろうな。泥を拭い立ち上がり息を深く吸って吐く。さぁ行こうか、僕は死にたくないんだ。死にたくない奴隷と可愛い従魔もいる。

この世界に来て本当によかったと思う。

「よっし!! 行くぞファス、フクちゃん」

「はいっ!!」

（レッツゴー）

こうして僕らのダンジョン攻略が始まった。

（マスター、イリグチ、トオイ）

生まれた森だけあって土地勘があるのかフクちゃんはダンジョンの大まかな構造がわかるらしい。僕らが飛ばされた場所はかなり深部らしく、入口まではかなり遠いらしい。それこそ数日かかるかもしれないほどの距離のようだ。

「ファス、ダンジョンってどんな特徴があるんだ？」

「ダンジョンは異界であるともそれ自体が魔物であるとも言われている迷宮です。特徴としては魔物を生み出すこと、入口か出口、もしくは特殊な道具を使うことでしか出ることができないことが挙げられます」

異世界のダンジョンのイメージは僕が持っているものと大きく外れないようだ。

「ダンジョンってのはどうやったら攻略したことになるんだっけ？」

「ダンジョンマスターと呼ばれる魔物を倒すことで攻略した扱いになります。ダンジョンマスターを倒すとダンジョントレジャーと呼ばれる特別な報酬が出現します。それは特別な武具であったり、素材であったり、ほかにもスクロールと呼ばれる、読むことでスキルを得られる巻物がまれに手に入ります」

夜会で悟志が説明してくれた内容とほぼ同じだな。

「攻略したダンジョンはどうなる？」

「ダンジョンとしての特性を消失します。今回のダンジョンならば正常になった森の地脈が時間をかけて森を再生させるのではないかと」

「ここからダンジョンの入口に戻るのは可能だと思うか？」

「ご主人様なら可能だと思います」

ファスが真剣な表情で此方を見ている。

「ファス。水も食料もない状態で『僕ら全員』が戻るのは可能か？」

「……申し訳ありません。無理だと思います」

「ファスは頭がいいのにバカなこと言うよな、なぁフクちゃん」

（ミンナ、イッショ）

フクちゃんがピョンとファスの頭に乗る。元気が出たのか胸の前で両手をグッと握り強い瞳で僕を見て頭を下げる。

「そうですね、フクちゃん。申し訳ありませんでしたご主人様」

「いや、僕がバカなこと聞いちゃったな。言っておくけどファスとフクちゃんがいなかったら僕なんて何もできないぞ。ようは、ダンジョンマスターとかいう魔物を倒して出口からダンジョンを出るしかないってわけだ。単純でいいな」

「ご主人様、ダンジョンにはセーフティーゾーンという魔物が近づかない安全地帯が一定区間ごとにあると本で読みました。まずはそこを探せばよいかと思います。フクちゃん、わかりますか？」

（ワカンナイ）

フクちゃんでもセーフティーゾーンはわからないらしい。とりあえず僕等はフクちゃんの案内を頼りに森の奥と思われる方向へ向かいながらセーフティーゾーンを捜すことにして歩き始めた。

足場は柔い泥のためかなり歩きづらく、おまけに倒木が散乱しておりいちいち踏み越えなければならず、それも進みづらさに一役買っていた。そこに泥だらけの服が容赦なく体力を奪ってくる。

宙野にやられた傷の痛みが体の内側からジワジワと染み出してくる。桜木さんの回復のおかげで傷は癒えたはずだが、疲労やダメージはまだ残っているのだろう。正直吐きそうだ。

でも、まだいける。手足は重たいがギースさんの訓練はもっときつかった。まだ歩ける。

横を見るとファスは泥に足を取られながら必死にロープを持ち上げて歩いている。柔らかな泥は足を取られるし、よく滑る。

【ふんばり】がある僕ですらこうだ、スキルに頼れないファスの疲労はことさらに大きい。歩き始めて数分でファスの息が乱れ始め、さらに数分後には肩で息をし始めた。

「ファス、大丈夫か」

「ゼェ……ゼェ。大丈夫です」

明らかに大丈夫じゃないだろ。

「ファス、ほら。おぶされ」

「そんな、ハァ、ハァ、ご、ご主人様の負担になるわけには」

相変わらず強情なやつめ、でもこのまま倒れるまで歩かせるわけにはいかない。疲労で動けなくなっているファスを有無を言わせず背負う。

「フクちゃん、糸でゆるくファスと僕を固定してくれ」

（リョウカイ）

「待ってください。マスター、きゃあ、フクちゃんそんなところを這わないで」

一体どこを這っているんだフクちゃん。後で詳しく聞こうじゃないか。

なんて馬鹿なことを考えている間に糸による固定が終了していた。

「悪いなファス、今日は僕の勝ちだ。動くと歩きづらいから嫌かもしれないが密着してくれ」

そう言ったらファスがギュウウウと強く抱き着いてくる、ファスさん苦しいんですが。

「嫌ではないです。ただ、自分が情けなくて悔しくて」

耳元でファスの声が響いて少しドキドキする。

「さっきの僕もそうだった。でもファスがいたからなんとか強がっていられるんだ」

「いるだけではイヤです。私はもっともっとご主人様のお役に立ちたいんです。ご主人様、ここを抜けだしたら私を鍛えてください」

「いいぞ、じゃあファスは僕を鍛えてくれ。勇者にリベンジをしないとな」

「もちろんです。絶対勝ちましょう」

（ボクモ、ツヨクナル）

決意を新たにファスを背負いながら泥道を進むと灰色の霧が出てきた。

霧の中にかすかに魔力を感じる。

「ファス、この霧変だ」

「はい、魔力を感じます。なんだか嫌な感じです」

（マスター、ボク、ヘン）

フクちゃんがファスの頭からポトリと落ちる。

「どうしたフクちゃん!?」

「ご主人様、鑑定で状態を確認してください」

ファスから鑑定紙を渡される。ちゃんと持ってきてくれたのか、助かった。

急いでフクちゃんの状態を確認する。

名前：フク

状態

【専属従魔】▼
【経験値共有】【命令順守】【位置補捉】
【腐樹林の呪い（侵食度30）】▼
【体力減少】

呪いの字が目に入った瞬間に【吸呪】を発動させ呪いを消し去る。

（ナオッタ、アリガト、マスター）

フクちゃんがピョンと飛びついてくるので撫でてやる。

「フクちゃん……よかった。なんで呪いなんかに？」

「おそらくはこの霧です。先ほどから魔物が現れないことが不思議でしたが、このダンジョンの特性として呪いの状態を付与する霧がでるようです。おそらくは深部にいくほど呪いが強くなるため生み出された魔物でさえ深部には近づかないのでしょう。私とご主人様は呪いについて耐性があるので問題はないと思います。ただそういったダンジョンは呪いに耐性のある魔物も発生するので油断はできませんし、フクちゃんのことも心配です」

一つ朗報だ。ファスを背負っている状況で戦闘をする危険がグッと低くなった。フクちゃんのことも僕が【吸呪】すれば問題ないだろう。

（マスター、ゴメンナサイ）

「大丈夫だフクちゃん。少し休んでてくれ」

やっとフクちゃんに恩返しができるな。

しゅんとするフクちゃんを頭においてファスを背負い道を歩く。魔物は本当にいないらしく、濃くなっていく霧と足場の悪さだけが敵だった。【吸呪】を発動し続けるのも地味に魔力を消費して苦しい。

「ご主人様、大丈夫ですか？　あの、私もう回復したので、歩けます」

（マスター、ムリシチャ、ダメ）

「なんのこれしき」

ここで無理をする為に鍛えてきたんだ。意地を見せなきゃ男が廃るってもんだ。

重い体に活を入れると、ブクブクと何かが泡だつ音がした。

「ご主人様、下です!!」

「「「キキキキキィイイイイ」」」

ファスが叫び、その場から飛びのく。すると僕がいた地面から不意に手が生えてきた。そのまま這い上がってくるように泥が猿の体を形成する。足は短く、手は長く黒い爪が生えている。目鼻はかろうじて窪みは確認できるが、ほとんどのっぺらぼうだ。

「マドモンキーです。泥でできた魔物です。泥でできているとはいえ体を壊せば再生はしません」

ファス先生の解説が入る。チッ、万全の状況なら相手になるが、今は戦える状態ではない。

「逃げるぞ！　ファス、フクちゃん掴まってろ」

そのまま全力で【ふんばり】を発動し泥の上を走る。まだ動く体に感謝だ。

「ごしゅ、ご主人様!?」

「ファス、舌噛むぞ」

（サラマンダー、ヨリ、ハヤーイ）

だからフクちゃん。その語彙はどこから来るんだよ。そんなツッコミを入れる余裕すらなくひたすら走る。霧でまともに見えない視界の中で確かに何かが追ってくる気配を背に感じる。振り返ると泥の上を跳ねるように移動するマドモンキーが見えた。

「意外と速いぞあいつら」

「しかも数が増えてます!!」

マジか、どうする？　周囲を見るがセーフティーゾーンはおろか数メートル先すら見えない。

（マカセテ!!）

フクちゃんが飛び出し周囲の倒木や枯れ木に糸を張っていく。ものの数秒で糸を用いたバリケードができた。

（キュウ、モウダメ）

すぐに呪い状態になり動けなくなるがそれでも糸で作られたバリケードには数体のマドモンキーが捕まっていた。

「よくやったフクちゃん」

フクちゃんを回収し、そのまま走って逃げる。数百メートル走ると霧が薄くなり緑が見える。

「ご主人様、あの部分から霧の魔力を感じません。きっとセーフティーゾーンです」

その言葉に返事をしたかったが【吸呪】を使い続けたせいか僕自身が呪い状態になってしまったらしい。体が重く、呼吸がままならず、返事をする余裕がない。【ふんばり】を多用したせいで足がつりそうだ。あと少しだ、気合を入れろ。

自分に檄を飛ばし足を動かす。ファスやフクちゃんが何かを言っているが遠くから聞こえるような感じで何を言っているかわからない。

……あと数十メートル。

そう思ったところで横から、何かが飛んでくる。

「ご主人様!!」

その声でうつろな意識が覚醒する。飛んできたのは倒木だった。伏せてかわす。

「無事かファス?」

「はい、か、掠りましたが」

倒木が飛んできた方向を見ると、体長三メートルほどのやけにでかい猿がいた。体色からマドモンキーに似ているようにも見えるが体は泥ではなく肉体を持っているようにみえ長い尻尾を振り回してる。毛の隙間から赤黒い皮膚が隆起しておりこちらを威嚇していた。ボス猿か。

幸いセーフティーゾーンまでは近そうだ。なんとかしていけないもんかな。呪いのせいで体が怠い。でもまだ動く。なんとしてもファスとフクちゃんは守ってみせる。

「フクちゃん、糸を解け。ファス走れるな？　セーフティーゾーンはわかるな？　あの猿を引き付けている間に逃げ込め‼」

「ご主人様は？」

「後から行く。背負ったままじゃ戦えないからな」

糸が解かれファスが地面に下ろされる。

（マスター、ボクモ、タタカウ）

「フクちゃんも行け、呪い状態になったら足手まといだ‼」

本音を言えば残ってほしかったが、マドモンキーがファスを襲ってしまえば終わりだ。

「いやです。ご主人様だって体が動いてないじゃないですか‼」

（ボクモ、ノコル）

ええい、わからずやめ。どうする？　ボス猿がこちらに駆けてくる。見ると、糸にかかったマドモンキー達がこっちに来ている。ボスが現れるタイミングを待っていたのか、賢しいな。

「このままじゃ囲まれるぞ、とりあえず走れ。振り返るな、防ぎながらついていくから‼」

三人で走り出す。僕は後ろ走りだが、すぐにボス猿が追いつく。そのまま殴りかかってきたので、低く入り自分の体を使ってボス猿の足を掬う。

前のめりに倒れたボス猿の背中に乗り踏みしめるように蹴りを叩き込むが、効果は薄く振り落とされ泥に突っ伏す。

よし、これで時間は稼げたな。二人が逃げられたかわからないがそうであると信じよう。

体捌きで相手をこかしたのには理由があった。

もう両腕が上がらないのだ。というか立ちあがるのもきつい。今の動きで完全にガス欠だ。そもそもセーフティーゾーンまで走れるかどうかも微妙だった。せめて勇者との戦いがなかったらなんとかなったのかな？　そう思っているとマドモンキーまで追いついてきて、体にまとわりついてくる。

ここまでか、そう思うと涙が出てきた。懸命に戦った。でも諦めたくはなかった。

せめてもの抵抗でボス猿を睨みつける。目が合う、感情は読み取れないが次の瞬間その手で自分の頭がつぶされることはわかった。

「ガァアアアアアア」

咆哮。ボス猿のものではなかった。それは後ろから聞こえた。

次の瞬間にはボス猿に黒い火球が直撃し音をたてて爆ぜた。音に驚いたのか火にビビったのかマドモンキー達が飛びのく。咆哮があった方向をみると、そこにいたのはファスだった。フードを脱ぎ、全身に凄まじい魔力を帯びていた。泥だらけの手をこちらに伸ばしている。

「ご主人様、こっちです!!」

搾りかすみたいな体力をなんとか引き出して、立ち上がり駆け寄る。

「なんだいまのは？」

「わかりません。なんか出ました」

（ファス、スゴーイ）

なんかでたのか、すごいもんだしてたぞ。とにかく今しかチャンスはない、見ればボス猿は動いていないし。この隙に逃げ出そう。

懸命に走ってなんとか霧が晴れている草地に足を踏み入れた。ここがセーフティーゾーンであってくれ。

そのまま三人とも（フクちゃんに対してこの表現は適切かわからないが）前のめりに倒れ、気を失った。

◆◆◆

……草の匂いがする。目を開けると霧は無く青空が見えた。そうか、僕はセーフティーゾーンに入って眠っていたのか。日が高い、一日経っているらしい。泥が乾いてカピカピだ。

いつも目覚めたら、ファスが膝枕をしてくれていたがどうやら今回は僕が一番先に目覚めたようだ。体は怠いが呪いは解けているようで呼吸はしっかりとできる。

隣を見ると、ファスとフクちゃんが寝息を立てていた。皆泥だらけだ。ファスの顔についた乾いた泥を手で拭うと白い肌が見えた。

フム、思えばファスの顔をまじまじと見る機会はあまりなかったな。よし見てやろう。

ファスを仰向けにして、膝の上に乗っける。髪の毛が生えてきて海外の女性刑務所物のドラマにいそうな短髪だ。でも不思議と似合ってる。目が大きいせいか童顔で特徴的なエルフ耳も興味深い。

汚れている頬を拭うと、少し声を出して目を開けた。

「おはよう、ファス」

「ふぁ、おはようございます。いつもと逆ですね」

「たまにはいいもんさ、さっきは助けてくれてありがとう」

「ご主人様なら絶対囮になるだろうと思っていたので、注意してたんです。そうしたら案の定、あの魔物に向かって行って。ご主人様は勝手ですよね」

膝の上に乗ったままその深緑の眼でこっちを見る。明るいところでマジマジと見つめるとただ緑だけではなく、薄い青も入っているような、不思議な虹彩はまるで宝石のようで引き寄せられる。

「やっぱり綺麗な眼だな」

「何言っているんですか、ごまかされませんよ」

膝の上から手を伸ばし僕の頬をファスが撫でる。そしてそれを見つめる赤い目の視線が……。

（ジー）

「ふ、フクちゃん。おはよう」

なぜか声が上ずってしまう。

（ボクモー）

ピョンとファスの胸に乗ってこっちを見上げる。ゆっくりと撫でると気持ちよさそうに目を細めた。

まったく生きているって最高だな。

しばらく休憩して立ち上がると体がビキビキと音を立てる。絶対に筋肉痛になるな。

周囲を見た印象は砂漠のオアシスといったところか。

周りが泥沼の湿地であるのに、ここだけはまるで山奥の沢のように清らかだ。結構広いらしくそれなりに草地が続いていた。もしかすると、ダンジョン化する前の森はこんな感じだったのかもしれない。耳をすますとチャポチャポと音が聞こえた。

「水の音がするな、とりあえず向かおうか。喉がカラカラだ」

「賛成です、体も服も洗いたいですし」

フクちゃんはまだ体が怠いらしくファスに抱えられている。少し歩くと案の定水場があった。木々と岩の間から浸み出る水を手ですくい飲む。生水を飲むのは危ないのかもしれないが流水だし、大丈夫だろう。伊達に不衛生な牢屋で毒料理ばかり食べてない。

湧き出る水に手を入れると結構冷たい。手を洗ってそのまま掬って口に水を流し込む。ファスも同じように水を飲んだ。

「あぁ旨い。沁みるな」

「ゴクゴク……はい、おいしいです。ほらフクちゃんも」

（フィー、オイシイ）

ファスが水を掬って差し出すとフクちゃんが小さな牙から器用に水を飲んでいた。渇きが癒えると大分気持ちが楽になるな。

（マスター、ココガ、マンナカ）

「なるほど、この水場がセーフティーゾーンの中心か。とにかく体を休めよう」

「そうですね。魔物も見当たりませんし安全なようです。まずは泥を洗い流しましょう。服も酷い有り様です」

ということで水場を汚さないように注意して、服を脱いで体を洗った。というかなぜかまたファスとフクちゃんに洗われてしまった。【回復泡】で体を洗うと細かな体の傷が治るので便利だ。

お返しとばかりにフクちゃんを洗って（ファスは離れた場所で体を洗っている）さらに泥だらけの服をこれまた【回復泡】で洗う。どうやらこの泡、衣服まで清潔にできるようだ。フクちゃん恐ろしい子。

木の枝に服をかけたところでファスがローブを持ってやってくる。むろん裸で。前にマジマジと見たときは鱗越しだったが、今は鱗は消えて、白磁のような肌があらわになっている。長く細い手足はまるで精巧な人形のようだ。まだ少し痩せすぎではあるがその体のラインは確実に女性のそれで、ついガン見してしまう。

「ファスさん⁉」

そりゃ『さん』づけにもなる。ファスは特に気にするでもなく僕からフクちゃんを受け取った。

「私もフクちゃんに泡をもらおうと思って」

「裸じゃん‼」

「えーと、ご主人様は最初に会った日の晩やその他何回も裸なんて見ていると思いますが、その……醜い体ですが……でも今は鱗は消えましたし。ひ、貧相な体ですみません」

いや、そこじゃねぇ!!　確かに鱗がほとんど消えた後でも牢屋で体を拭くのをこっそり見ているけどさ。牢屋の中は暗かったわけだし、こんな明るいところで真正面から見るのは初めてなわけで。あぁそうかこの子、羞恥心というものがよくわからん方向で欠如してるんだ。そりゃずっと外を知らない闘病（闘呪）生活だもんな。

「とりあえず、フクちゃんは渡すから。体と服を洗っててくれ。なんか体を隠すもん探してくるから」

「あの、ご主人様。その、私の体は……」

鱗の無い肌は白磁のように綺麗だった。そんなこと直接言えないけどさ。

「えーと、まぁ、綺麗だ、だからこのままいたらどうにかなりそうだから――」

「私は大丈夫です!!」

ファスさんが覚醒していらっしゃる!!　そりゃこのまま行くとこまで行きたいが、今は疲労もあるしそれどころじゃない。なんせダンジョンのど真ん中だ。ファスもそのことはわかっているはずだが目をウルウルさせて近づいてくる。

「ファス、ここはダンジョンだ。何があるかわからない。ここから出たら、その、続きをやろう」

「そ、そうですね。すみません、私、ご主人様に綺麗って言われて嬉しくって」

（ジー、イイナー、ファス、イイナー）

フクちゃんがなんかまたしてもこっちを見ていた。とりあえずフクちゃんをファスに渡し、体を隠せるものを探すため周囲を簡単に探索してみよう。

と言っても、唯一の服は干しているし現状すっぽんぽんだ。ギースさんとの稽古で動けなくなるたびに体を洗ってもらったので羞恥心がマヒしている感覚はあるが、それでも落ち着かない感じはするな。

パッと見だがこの場所は大体、体育館三つ分ほどの広さのようだ。広いと言ったら広いが狭いといったら狭いだろう。周囲が別世界のように腐り果てているにもかかわらずここだけは元の森の形を保てているようだ。

「ん、これは？」

適当な大きさの蔓や葉を集めていると地面からどこか見おぼえのある植物が生えていたので、思い切って抜いてみる。

「おっ、やっぱり芋だ」

見た目は小さなジャガイモだが色が赤い。よくわからないが間違いなく根菜の一種だろう。さすがに畑にあるような立派なものではないが小ぶりな芋が鈴なりについていた。

そうだ、試しに後で鑑定してみようか。そう思いながら進むと、大きく良くしなる葉を見つけた。

これなら体を隠すくらいはできそうだ。【掴む】で抱えながら二人の元へ戻る。

「あっ、ご主人様おかえりなさい」

（マスター、ピッカピッカ、ダヨ）

ファスが寄ってきた、真っ裸で。だから、隠せっちゅうねん!!

「フクちゃん。悪いがこの葉っぱとかを糸で繋いで腰ミノみたいなのをつくることはできるか？」

（ヤッテミル）

肌ざわりのいい大振りの葉っぱを置くと、フクちゃんが器用につなげてあっという間に簡単な腰ミノを作ってくれた。すごいな言ってみるもんだ。どうやらフクちゃんには裁縫の才能もあるらしい。すぐにファスの分も作ってくれた。胸と腰回りをこれで隠すことが出来る。これでなんとかドギマギせずに落ち着けるな。

（タノシー）

フクちゃんはなんかはまってしまったらしく、余った端切れを組み合わせて遊んでいた。

「その手に持っているのはなんですか？」

あっ忘れてた。とってきた暫定ジャガイモを掲げる。

「向こうで生えてたんだ、僕のいた世界で似た植物があるんだけど、なんの芋かわかるか？」

「えっと、すみません。私が見た植物図鑑には載っていませんでした。それにお婆さんの家でもそんな芋はでてきませんでした」

「えっ、そうなのか？　てっきり知ってるものだと思ったが。まぁダンジョンだしな、珍しい植物もあるか。そうだ鑑定してみよう」

「えっと、ご主人様。植物は鑑定できないと思います。あくまで人間や魔物などクラスやスキルを持つものしか対象にできません。植物系の魔物は鑑定できると思いますが」

そうなのか、試しにやってみたが紙になんの文字も浮かび上がらなかった。

「だとすれば、これが食べられるかどうかが問題になるな」

「それこそ、いまさらでしょう。多少の毒なら私たちには効きません、でも生で食べてもおいしくないですね。せめて茹でるか焼くかできればよいのでしょうが」

残念そうに眉をひそめる。前々から思っていたけど、呪いが解けたファスは結構食いしん坊だよな。フクちゃんもよく食べるし。

ん？　焼くと言えば。

「……そういやすっかり忘れてたけど、ファス。さっき火を噴いてたよな？」

「……そういえば、そうでした。すっかりわすれていました」

というわけでまずは、ファスの状態を鑑定してみる。

名前：ファス
性別：女性　年齢：16

状態
【専属奴隷】▼
【経験値共有】【命令順守】【位置補捉】

一瞬の沈黙。何度も紙を見つめる、そこに呪いの文字がないことを確認し。顔を見合わせ叫ぶ。

「よっしゃあああああああ」

「う、ぐぅ、ごじゅじんさまああああああうわあああああああん」

（オメデトー）

三者三様のリアクションで呪いが解けたことを喜ぶ。あー良かった。ファスをおぶっていた時にフクちゃんの為に【吸呪】を発動し続けていたからファスの呪いも吸っていたのだろう。

ファスは鑑定紙を見た瞬間から僕に抱き着いて泣き叫んでいる。どうせ誰もいないんだ泣け泣け。

しばらく騒いで落ち着いたので引き続いて、クラスの鑑定をしてみる。

「えっと、ご主人様のような転移者と違って私たちは神殿に行ってクラスをもらう必要があります。なので私のクラスはないはずです」

「じゃあ、あの火球はなんだろうな。まぁ見てみればわかるさ」

名前：ファス
性別：女性　年齢：16
クラス▼
【？.？.？】
スキル▼
【竜魔法（黒竜）】▼
【息吹ＬＶ．１】
【精霊眼】▼

【精霊眼LV．1】


見ると二つのスキルが並んでいた。【竜魔法（黒竜）】【精霊眼】とかいうものだ。クラスは解放されてないのにスキルがあるのか。そのことをファスに聞くと。

「スキルというものは、クラスに依存するものがほとんどですが、稀に特殊な条件で習得できるものがあると本で読みました」

「条件ってなんだ？」

「本で読んだ限りでは、スクロールと呼ばれるダンジョンのトレジャーを読むことが一つ、他には特殊な修行を積んだり、特定の魔物の血肉を食べることですね。あとは生まれつきでスキルを持つ場合があるそうです」

「じゃあファスの場合はどうなるんだろうな？　竜魔法は呪いを解いたからとかかな」

「私もそう思います。長年私の体を蝕んでいた呪いがスキルとして残ったのではないかと。精霊眼についてはわかりません。ただ呪いが解けていくにつれて、魔力の流れであったり遠くのものがはっきり見えるようになったのはおそらくこのスキルのせいだと思います。とにかく私もこれでやっとお役に立てます」

フンスと気合を入れるファスの頭を撫でながら一つ思うことがある。

……スキルめちゃくちゃ強そう!!　そしてかっこいい!!

ま、不味い。ただでさえ最近フクちゃんの有能度がガンガン上昇しているのに、ファスまでこんなパッと見主人公のようなスキルを持っているなんて。

勇者とボス猿に二連敗（というかこの世界に来て勝利をした記憶が無い）している身としてはこれ以上無様な姿を見せるわけにはいかない。

……鍛えなくては、全力で鍛えなくては。スキルやクラスが弱いなんて言ってられない。と頬を引きつらせながら心の中で決意するのであった。

決意を新たにしたが腹が減っては戦はできぬ。というわけで、燃えそうな枯れ木を適当に集めてみた。無論芋を焼くためにだ。

「じゃあ、ファス頼む」

「はい、……スゥウウウ」

ファスが思いっきり息を吸って、ホッペを膨らませた。なんかワクワクするな。

「息吹!!」

と叫んだだけでフーと息が出た。

「……不発だな」

「おかしいです。確かにスキル名を言っているのに」

「あのボス猿に向かって火球を出すときはスキル名は言ったのか？」

確か【空刃】のようなアクティブなスキルは発動に名称を言う必要があったはずだが、あの時はそんな声聞こえなかったたな。

「いえ、言ってないと思います。となるとパッシブのスキルなのでしょうか？　そんな感じはしないのですが」

「確か叫んでたよな、ガオーって」

二人で首をかしげていると葉っぱを組み合わせて謎のオブジェを作っていたフクちゃんが寄ってきて言った。

（アノワザ、ボクトオナジ）

フクちゃんと同じ？

「つまり、魔物のスキル発動と同じってことか。竜魔法というくらいだからそういうこともあるのかもな」

「だとすれば、スキル名を言う代わりにあの咆哮が必要なわけですね、わかりました。コホン……スゥウウウ、がおー」

両手を前に突き出して、「がおー」と叫び続けるファス。何この可愛い生き物。

結局のところファスが火を噴くことはできず。ボリボリと生の芋を食べることになった。食べられないことはないが筋っぽいし味は良くない、侘しい気持ちだ。

個人的にはファスが可愛かったので問題ないが、またファスが凹み始めたので、三人で芋を食べながら意見を出し合うことにする。

「ボリ……ボリ……フクちゃんはいつもスキルを使うときどんな感じなんだ？」

（ウーン、ヤルゾー、ッテカンジ）

芋を齧りながらそう言ってくれた。気持ちが大事なのか。その方向でアドバイスしてみた。

「なるほど、つまりあの時の気持ちを思い出して、やってみればよいのですね……」

ファスは齧っていた芋を脇に置いて、目を閉じて瞑想をしているようだ。

芋を食べながら見ていると、何かブツブツと言い始めた。

しばらく、ブツブツと何かを言っていたかと思うと魔力が高まっていくのを感じた。

「ファス、大丈夫か？　ちょ、なんか怖いんだが」

目を閉じブツブツ言いながら魔力を高めていくファスさん。話しかけるが集中しているのかまったく反応が返ってこない。

（イイカンジー）

言ってる場合か。高まる魔力に危険を感じ、芋を離さないフクちゃんを抱え上げ少し距離をとる。

「ガァアア！」

短い吠え声とともに黒い火球がファスから吐き出された。僕の方に向かって。

「そんな気がしてたわ!!」

安定と安心の横っ飛びで回避。正直この異世界に来て一番成長した技術だと思う。【横っ飛び】というスキルがないのが悔やまれる。前回り受け身をとって立ち上がる（フクちゃんは抱えたまま）。火球が進んだ方向をみるとそれなりに太めの生木が完全に折られていた。幸い炎上はしていないが大した威力だ。

対象に衝突し、爆発する火球か。

「だ、大丈夫ですか!?」

「なんとかな、距離を取っておいてよかった。とりあえず使い方はわかったな」

（スゴーイ、キレイ）

フクちゃんが興奮してファスに飛び移る。そのまま頭までよじ登っていた。

「ありがとうございますフクちゃん。でも魔力の消費が激しいので乱発はできませんね。せいぜい四、五発が限界だと思います。もちろん鍛錬で魔力の総量を増やせば別ですが、これは威力の調整が必要ですね」

「鍛えるって言っても。流石にこのセーフティーゾーンに籠るのも限界があるからな。なるべく早くダンジョンマスターとかいうやつを倒して、このダンジョンから脱出したいな」

「このダンジョンはご主人様の召喚に前後して生まれた、比較的新しいダンジョンなのでまだそれほどボスは強くないはずです。というかあの大きな猿の魔物がボスなのではないでしょうか？」

（ボクモ、ソウオモウ）

やっぱりそうか、ということはここはもうダンジョン最奥の安全地帯ってわけだ。ゲームで良くあるボス前の安全地帯みたいなもんか。

「じゃあ、あのボス猿攻略に向けて作戦を立てるぞ。……ただ、流石に今日は疲れすぎたから休んでからな」

勇者に足場の悪いダンジョンにあのボス猿に、と連続してがっつり体力を削られてしまった。ファスとフクちゃんも相当疲れている。ここは無理せずゆっくりと休むべきだろう。

結局その日は芋を食べて（ファスの火球は危ないので使わず生で食べた）倒れるように寝た。

次の日、フクちゃんの泡ベッドのおかげでだいぶ回復した体のチェックがてら型稽古をしてみようとすると。

「私にも、基本から教えてください！」

と強く言われたので、前回結局できなかった受け身を教えることにした。

「はい、丸まってー、自分のヘソを見ながら後ろに倒れるー。両手で地面を叩く、すぐ起きる。これの繰り返しだ」

「は、はい」

「後ろ受け身は絶対の基本の一つだからな。それが終わったら、横受け身、前受け身だ。前回り受け身や後ろ回り受け身は今やっている受け身ができてからだな」

「はい、頑張ります」

うーん、重要だが地味ゆえに一番楽しくない受け身の稽古のはずだが、ファスは楽しくてしょうがないというように真剣に取り組んでいた。

（コンナ、カンジ？）

ファスを真似してフクちゃんも受け身をしている。といっても蜘蛛の体なのでコロコロ転がっているだけだ。

そういえば、受け身の稽古なんて真剣にやったのっていつが最後だ？　爺ちゃんも受け身が一番大事だって言ってたなぁ。

というわけで久しぶりに、たっぷりと時間をかけて受け身の稽古をする。

受け身の稽古で疲れたファスは木陰で休憩させ、取り（相手を掴む技）の稽古や打ち技の型を行いながら考え事をこなす。

内容は自分の火力不足についてだ。火力（ダメージ量）という点ではファスの【息吹】やフクちゃんの毒があるが、格闘の経験がないファスに無理をさせたくはないし、フクちゃんはダンジョンでは呪い状態になるため長時間戦えない。当然あてにはするが、僕自身も相手にダメージを与える選択肢が必要だ。

どうしたもんかな。あのボス猿は一回首の急所を思い切り蹴りつけても大したダメージにはなっていなかった。あの巨体を投げる技術は今の僕にはない。やはりフクちゃんとファスに攻撃はまかせて僕はタンクとしていくのがいいな。

打ち技の型が終わり、次は【ふんばり】を使った足捌きを行う。前後に動きながら手で捌きの動きをする。この動きはギースさんの剣を捌く為のもので【掴む】と【拳骨】を発動させながら攻撃をそらすものだ。

「あの、ご主人様、よろしいですか？」

木陰で休んでいたファスが寄ってきた。

「どうした？」

「あの、ご主人様は今、三つのスキルを同時に意識して操作していますよね？」

「そうだな、といっても常時発動のスキルの強弱を操作しているだけだけど」

「同時に複数のスキルを使っているせいか、強弱のタイミングと体の動きに違和感がありますが、三つのスキルを同時に使うのは本当にすごいことだと思います。さすがご主人様です」

「うっ、確かに。動きに意識が追いついてないけど、なかなか難しいんだよ」

痛いところを突いてくる。確かにわずかにずれるんだよな、特に一番強弱の調整がシビアな【掴む】は一瞬だけ強めて攻撃を掴んでそらし、体勢が崩れる前に離れなければならない為に強弱や範囲の調整が難しいのだ。つまり連続で攻撃が来ると、音ゲーの高速部分のようになりタイミングを間違えて防御を失敗してしまうことがある。勇者の【空刃】が捌ききれなくなったのもそういう理由だしな。

「【掴む】のスキルの範囲はどこまでですか？」

「えーと、最初は手の平だけだったんだが、レベルが上がって今は上腕まで発動できるな」

「掴める範囲は？」

「皮膚からせいぜい十センチくらいかな？」

何が言いたいんだ？

「あの、ご主人様。前々から疑問だったのですが、相手を攻撃するときに【掴む】を発動させることは難しいのでしょうか？　【ふんばり】【拳骨】【掴む】を同時に操作して防御しているなら、攻撃も使えると思ったのですが」

「そりゃあ、あれだよ……どうなるんだろ？」

そういや試したことなかったな。【掴む】は基本的に投げ技と防御にしか使う発想がなかった。

とりあえず近くの、木で実験してみる。

息を深く吸い集中。目を閉じて合掌、開手を中段へ。【拳骨】を発動し体の強度を上げる。後ろ足から【ふんばり】を利かせて踏み込む。

拳が当たる瞬間に【掴む】を全開で発動。

その時の感触をなんと言ったらいいか、一言で言うなら『深い』だった。打ち込んだ力も拳から返ってくる反動も全て掴んで木の幹の中に深く入っていき突き抜けるような、中で炸裂させるような、そんな感触。

ファスの火球のような派手な爆発音はない。ただミシミシと静かに内部を砕く音が拳から伝わってきた。

「ご主人様？」

「見てみろファス」

拳から伝わる感触と音に集中していたせいで、完全に停止していた僕を心配してフクちゃんを抱えたファスが話しかけてきた。

幹から拳を離すとその表面は少し砕けているだけだったが、その上に回し蹴りをする。芯を砕かれた木は殴った場所を中心に折れゆっくりと倒れた。

うん、ファスの火球に比べれば地味だろう。勇者のような強いスキルでもない、でもこれは僕がこの世界にきて積み重ねた努力の結晶。

拳を上に突き上げる、こんなポーズをとったのは小学校の運動会で一番を取った時以来だ。

「アッハッハ。やったぞ!!　ありがとう、ファスのおかげだ」

「はい、すごいです。魔力の操作も完璧でした」

（マスター、エライ）

この技がボス猿に通用するかはわからないが、とりあえずこれでファスとフクちゃん、そして僕に攻撃の選択肢が揃った。

……と思っていたのだが。

例：一
「あああああ、また失敗したあああああ」

「今のは、【拳骨】が弱くてはじかれましたね」

例：二
「あれ？　感触が違う」

「多分、【掴む】のタイミングが早かったですね。ただ幹を掴んだだけです」

例：三
「へぶぅ」

「【ふんばり】が遅かったです。滑って激突ですね」

この技（名前はまだない）、三つのスキルをシビアなタイミングで発動させる必要があり、結局その日は丸一日スキルのタイミングをファスに見て調整してもらうだけで過ぎてしまった。

ちなみにファスさんは僕に指導しながら【息吹】に使う魔力の制御を完成させ、おかげで晩飯は焼き芋を食べることができましたとさ。

ダンジョンに入って二日目の朝ごはんは芋だった。何なら昨日からずっと芋とそこいらの柔らかい草しか食べていない。

この芋も焼いたらそれなりに甘みがあり美味しいのだが、味付けがないとやはり飽きてしまう。せめて塩があればなぁ。芋を持って脱出することも考えたが、まともなリュックも無いしマドモンキーとボス猿を突破して逃げるのは正直難しい。呪いの霧の中で他の入り口を探すことも難しいし、そもそもここはダンジョンの最奥なのだから近いのは出口だろう。つまり僕等はあのボス猿を倒すしか方法がないというのが現状だ。

「決めた。このダンジョンから無事出たら、まず美味しいものを食べに行ってやる」

まず一つ目標を決める。

「そうですね、お肉が食べたいです」

（アノサル、オイシソウ）

確かにあのボス猿は食いでがありそうだ。ファスも胸を叩く。

「フクちゃん、私の分も残してくださいね。こう見えても獣を捌くくらいはできますから」

「そもそも魔物って食べられるのか？」

「確か、白星教会では教義で魔物を食べることを禁止していますが、冒険者などは普通に食べるらしいです。なのでなんの問題もありません。それどころか一部の魔物は高級食材として重宝されているものもあります」

食べる気まんまんだなファスさん。まぁ僕も食べるだろうけど。

というわけで、モチベーションも高まったのであの猿を倒すことにするが、まぁ無策でいくわけにもいかないだろう。というわけで、一番機動力がある僕が鑑定紙を持ってあのボス猿の情報をとってくるということを提案したのだが。

「危険です。あのボス猿は群れで行動していました。ご主人様の足が速いと言っても周りはあの霧ですし囲まれれば逃げるのは困難です」

（イッショニ、イク）

先日囮になろうとしたためか二人とも絶対に離れないと言う。困ったもんだ（僕のせいだというのは棚に上げよう）。

「そういや、視界の問題もあったな。忘れてたよ」

「その件なら問題はないと思います。実は昨日ご主人様が休まれた後に外の様子を確認したのですが、霧の先を見ることができました。おそらくこの【精霊眼】の効果でしょう」

そう言うので、セーフティーゾーンの端まで移動する。この場所から少し先には霧が立ち込めており視界は最悪だ。ファスも僕の横に立ち霧を見つめている。

「やっぱりある程度は見通せます。魔力を読み取れば地中の魔物もわかりますので、もう不意打ちはさせません」

ムン、と胸を張りこっちをじっと見つめてくる。

「……わかったよ、ファスの力が必要だ。もちろんフクちゃんもな」

「はい、頑張ります!!」

（リベンジ）

その後相談した結果、まずはあのボス猿ではなく他のザコを中心に狩ることにした。

ボス猿の群れを削るのも目的だが、戦闘に慣れておきたかったのだ。死の危険がある以上臆病なくらいでいいだろう。少しでも生き残る可能性を高めるためだ。

ボス猿が周囲にいないことを確認して、セーフティーゾーンを出る。しばらくするとファスが圧倒的な視界で二匹のマドモンキーを索敵した。

さぁ戦闘だ。

昨日練習した、『衝撃を浸透させる突き』は現状利き腕である右腕でしか安定して（安定と言っても何回かに一回は失敗します）打てない。両手のどちらでも打てるようにしたり、打った後の隙を減らしたりなど改良の余地はあるが時間がないので仕方がない。

あらかじめ立てた作戦のフォーメーションは僕が前衛、ファスが後衛だ。フクちゃんは本来ならば遊撃を担当してもらいたいが、呪いのことがあるので僕に引っ付いて糸や毒で援護してもらう。

「敵、前方二十メートルです」

「そろそろ気づかれるかな、と言った瞬間に来たな」

この距離だとまだ僕には見えないがなんとなく魔力の接近を感じる。これも毎日ファスと魔力を感じる特訓をしたおかげだな。

「来ます」

「おう、行くぞフクちゃん」

（イエス、マスター）

距離五メートルあたりで霧に影が映る。それが見えた瞬間に二歩で拳の間合いまで詰め、マドモンキーの頭部を打ち抜く。

十分に速度の乗った突きは一撃でマドモンキーを粉砕した。まずは一匹。

二匹目に体を向けながら手刀、当たった瞬間に体を小さくまとめてショルダータックルで追撃。ギースさんの技だ。

ショルダータックルで飛ばされたマドモンキーがすぐに立ちあがるがその体に小さな炎弾が命中し爆発する。ファスが放つ威力を絞った【息吹】だ。

（マスター、マッテ）

とどめを刺そうと踏み込む僕をフクちゃんが止める。

「どうした？」

（タベラレルカモ）

フクちゃんがマドモンキーに飛び移り泥の体に牙を突き立てた。少しだけ何かを啜ると、マドモンキーの体はその形を維持できずに泥に戻った。

（ドロ、ジャナイブブン、タベラレタ）

「お腹壊すなよ？」

ファスが寄って来てフクちゃんを抱き上げる。

「おそらくフクちゃんはマドモンキーからなにかを【簒奪】できると感じているのでしょう。私としても【息吹】のレベルを上げたいので行けるとこまで行きましょう」

（モットタベタイ）

二人ともやる気だな。僕としても実戦でギースさんの技や昨日の突きを試してみたいしここは腰を据えてマドモンキー狩りをするか。

数メートル先も見えない霧が出ている為、移動中はファスを背負う。先日と違って芋を食べて体力も回復しているし、ガンガン走れるぞ。

「ご、ご主人様。もう少しゆっくり」

「あっ、ゴメン」

調子に乗って、スピードを出しすぎた。泥を滑りながら【ふんばり】で止まる。最初は足をとられていた泥地だが【ふんばり】を調整してスキーのように滑ったり、跳ねることもできる。ちょっと楽しい。将来的には水の上とかも走れるようになるのかな。今はマドモンキーを探してセーフティーゾーンを中心に散策しているのだが、ある地点から霧が壁のようになり、進めなくなる場所を見つけた。

「やはりここは外界とは隔絶された空間のようです。入り口や出口は複数あるので、探せば見つかるかもしれませんが。この逃げ場が限られた場所では危ないです」

「ボス猿がいるからなぁ」

「はい、あのボス猿を倒してダンジョンを消滅させるのが一番手っ取り早い脱出方法ですね」

背中でファスが強く首肯している。呪いが解けた影響かかなりアグレッシブになっているようだ。

少しはしゃいでいるようにも見える。辛い呪いとの日々が終わったんだ。もっともっと元気になってもらいたい。

（マスター、キタ）

泥の中からマドモンキーが飛び出してくる。

「っ！　すみません。見逃しました」

「大丈夫。ボス猿に注意しながら対応するぞ」

マドモンキーが三匹、小賢しくも散開して来やがった。

「私は大丈夫です」

（コロス）

ファスが背中から飛び降り、フクちゃんは体を一瞬で大きくして六十センチほどの大蜘蛛の姿になって、ファスを守るように毛を逆立ててマドモンキーを威嚇する。ファスを僕とフクちゃんで挟む形だ。

「シッ」

息を吐きながら踏み込んで直突き。泥に潜るように屈んで躱されるが、構わず踏み抜く。盛大に泥をまき散らすことになったが一匹は踏みつぶせた。

（マズイ）

振り返ると、フクちゃんがすでに一匹を牙に捕えて核を潰したようだ。残る一匹は糸に捕まっていたので、普通に殴って倒した。

（ツカレタ）

フクちゃんが呪いの影響で動けなくなったので僕の頭にのせて【吸呪】をする。十秒ほどが限界みたいだな。

うん。数体程度のマドモンキーなら問題なく対処できるな。

「……ご主人様。他のマドモンキーが集まってきます。ボス猿も気付くかもしれません」

「そりゃ不味い。セーフティーゾーンまで戻るか」

再びファスを背負って走りだす。フクちゃんも大まかな現在地や糸を使ったマッピングができるのでボス猿を避けながら安全に戻ることが出来た。

草地でファスを下ろし、全員で水場まで向かう。

「この泥には慣れないな」

わかっていたことだが、沼地で戦闘をすれば途端に泥だらけだ。この泥は結構臭いのでストレスが溜まる。

「すぐに洗い流しましょう。服は私が洗います。奴隷ですので」

「いや、体力がある僕が洗うよ」

背負われているとはいえ、霧の中を気を張りながら移動するのは疲れるだろう。ファスは実質、病み上がりのようなものだし、僕ならまだまだ動ける。爺ちゃんの胴着をよく洗ってたしな。慣れたもんだ。

「ダメです。ご主人様は私達に任せればよいのです」

（ソウダ、ソウダ）

「フクちゃんまでそっち側なのか」

……ファスはこうなったら譲らないんだよな。

「わかった。じゃあせめて、今日の分の芋掘りくらいはさせてくれよな」

「それも私がします。ご主人様は休むか、鍛錬など自身のことをしてください」

興奮気味に握った拳を胸に置いている。これはちょっと頑張りすぎじゃないか？

「落ち着けファス。できることは手分けしよう」

「でも……私もお役に立ちたいのです。せっかく体が動くようになったのです。本当はずっとお婆さんの家事や身の回りのことをお手伝いしたかった……大事な人の役に立ちたかったのです。ご主人様の役に立ちたいのです」

話しているうちに育ててくれたお婆さんを思い出したのか、深緑の瞳からポロポロと涙が零れる。興奮していたわけじゃない。ファスは自由になった体で自分にできることを必死にやろうとしていたのだ。僕も鼻の奥がツンと痺れた。

「僕も、爺ちゃんにしたいことがいっぱいあった。ファスはできなかったけど、僕はしなかったんだ。いつかやろうって思ってて気が付いたら一人になってた。ずっとそのことを後悔してる。だから、してもらうだけじゃなくて、僕もファスやフクちゃんの役に立ちたいんだ」

「はい。そうですね。私達は一緒に生きるのでした。でも、私は奴隷ですからね」

「こだわるなぁ」

「当然です。大事な事ですから……すみません。どうやら呪いが解けて浮かれているようです」

泥だらけのままファスを抱きしめる。こうしていられる相手がいることがどれだけ大事か僕等は知っているんだ。

（ミンナ、イッショ）

フクちゃんが僕等の間に入り込んでスリスリと体を寄せて甘えてくる。ファスと視線を合わせて二人で笑ってそのまま皆で水場に飛び込んだ。ここはダンジョンで、脱出できないのにどうしてだか気持ちはとても充実している。

「水場が汚れてしまいます」

「気持ちいいからしょうがない」

全然困っていない表情でファスはそう言って、プカプカと浮かびながらしばらくたゆたっていた。

水場から上がって、衣服を脱ぐ。泥を流してフクちゃんの泡で体を洗ってから腰ミノを穿く。ファスも普通に体を洗っているのでドギマギしてしまう。慣れないと言うよりはファスのことがどんどん自分の中で大きくなっているのだと感じる。

衣服をファスとフクちゃんに渡して、芋を探しに森に入る。といっても芋の場所は把握している。数分歩くとハート形の葉っぱが大量に生えている場所に出る。適当に周囲を掘ってツルを引っ張るとゴロゴロの芋が採れた。食べ物があるってのは本当にありがたい。重さにして一キロほどの芋を収穫して水場に戻るとすでにファスが乾いた木を並べてくれていた。

「おかえりなさいご主人様。準備はできています」

(オイモー)

フクちゃんもお腹が減っているようだ。手分けして芋を洗う。

「ガオォ」

ファスが黒い炎を吐くと少し薪が爆ぜるがしっかりと火が付く。異世界って便利だなぁ。

「芋がこげすぎなように、葉っぱを撒きましょう」

ファスが近くの藪から大き目の葉っぱを持ってきた。薪の火が落ち着くまでに濡らした葉っぱを撒いて弱火になった薪の上に置いていく。ファスは棒を使って均等に熱が入るように芋を回していた。

「少しは味が良くなればいいのですが……」

「十分じゃないか? 僕だけならこういうの思いつかなかったし」

キャンプとかあんまり行ったことないし。悟志とかはこういうのよく知ってそうだけど。

(マダ?)

「もうちょっとですフクちゃん」

周囲の葉が焼けて剥がれた頃合いで芋を取り出す。あっちっち。

赤い皮を剥いてやや黄色の果肉にかぶり付く。しっかりと火が通っており舌が火傷しそうだ。

「ハフっ、うん。昨日のそのまま焼いた芋より断然旨い」

流石に元の世界の品種改良された芋ほどではないが、美味しいと言える。

「モグモグ……うん、美味しいです」

(マイウー)

大分古いネタでフクちゃんも感想を述べる。焼き方を少し変えるだけで随分味の印象が変わるもんだ。お腹が減っていたので追加の芋も全部葉っぱ包んで焼くことにした。芋を食べながら今後のことを話し合う。

「ボス猿はかなり丈夫だし、こっちの攻撃をどれだけ当てられるかが大事だと思う。ファスはどう思う？」

「モグモグ……はい、私の【息吹】にご主人様の衝撃を浸透させる突き、威力を求めるならこの二つの技をしっかりと当てる必要があります。連携は必須かと」

（ボクノ、ドク）

フクちゃんが子蜘蛛状態で小さな牙を僕等にアピールしてくる。うん、可愛い。

「フクちゃんの毒がどの程度効くか、わからないので当てにするのは不安ですね」

（シュン）

フクちゃんが落ち込んで丸まって転がり始めた。

「あ、違うのですフクちゃん。毒は不確かですが、効果があるかもしれません。それに糸は障害物の多い外ではとても役立ちます。ボス猿に攻撃を当てる為の罠はフクちゃんにしかできません」

（エッヘン）

あっ、復活した。ピョンと飛び上がりファスに抱き着いている。

「しかしそうなると、あの突き技を実戦でも安定して使えるように練習しないとな」

「私も動いている相手に【息吹】を当てなければなりません。食料も水もありますし、ここは腰を据えてスキルの修練をしましょう」

（エモノ、シルコト、ダイジ）

フクちゃんも芋を食べなら意見を出してくれる。確かに、あのボス猿や周囲のマドモンキーのことも知る必要があるな。

こうして芋を食べながらやいのやいのと話し合って明日からの作戦を立てる。

ファスは疲れてしまったのか、話しながら眠ってしまった。僕はまだ体を動かし足りないので、腰ミノ姿で『浸透する突き』の素振りをすることにした。フクちゃんは葉っぱを加工して遊んでいるようだ。本当は両手のどちらでも打てるようにするべきなんだろうけど、時間がかかるし今は利き腕の右のみで安定して打てるように練習しよう。

中段の開手から強く踏み込み空を打つ。スキルの強弱のタイミングを失敗するとこの技は失敗する。正しいタイミングを体が覚えるまでただ打つ。こうして鍛錬をしているとギースさんの罵声を思い出して脳内でリピートされる。

『その前の手は何だ、切られたいのか。全ての行為に意味を持たせろ』

『動く前から起こりがわかりやすい、カウンターが欲しいのか』

『常に体全体を連動させろ。小さく細かに、足の指先まで制御しろ。それが踏み込みだ。そんなことも知らんのか』

『呼吸一つにも気を配れ、相手と紐で繋がれているように反応しろ。そして相手よりも先に相手の行動を遮る。攻防の基本中の基本だ馬鹿が』

『重心を上げるな。膝は常に柔らかく脱力しろ』

『突き技は腕の筋力だけで打つな、足腰を使って背中で打て』

剣術と無手の違いはあれど、合気道の源流を辿れば武器術にたどり着く。ギースさんが叩き込んでくれた剣の技法はわずか一カ月で僕の芯まで叩き込まれ、合気杖の動きや体捌きに通じるその教えは、長年親しんだ爺ちゃんの合気と自然に交じり合っていた。

「……わかって指導してたんだろうな」

レベルなんて成長の概念があるとはいえ、自分に武道の才能が無いことは良くわかっている。そんな僕が型稽古でない実戦的な戦い方をある程度理解できるように教えてくれた。ただただ感謝しかない。

「ぼこぼこにされたけどな……フッ！」

愚痴りながら突き出した拳は空気を【掴む】ことで衝撃を放ち低い音を響かせる。おっ、今のはかなり上手く行ったんじゃないか？

「ん……寝ていました」

「あっ、悪いファス。起こしちゃったな」

眠そうな目を細い指でなぞるファス。時々思うんだけど、ファスは仕草とか上品なんだよな。育ての親であるお婆さんにしつけられたのかもしれない。

「いえ、起きられて良かったです。魔力操作をお手伝いしてもよいですか？」

「あぁ、頼む。今、良い感じなんだ」

ギースさん、元気かなぁ。

◆◆◆

時は少し遡り真也が転移されてすぐの頃、城塞都市【ブランカセントロ】にあるバルボの屋敷周辺は混乱を極めていた。屋敷は燃え上がり、炎の中からは奇妙な笑い声のような音が聞こえていた。

アグーに仕えるギースは部下の騎士たちを連れて逃げ惑う人込みをかき分け現場に到着する。

「酒場で飲んだくれてる場合じゃなかったようだな。水をしこたま持ってこい、中の人間を救助するぞ！」

「「「はい」」」

帝都というだけあって、ギース達以外にもすぐに人が集まり、その中には【魔術士】もいた。魔術で呼び出した水を屋敷にかけるが火の勢いは衰える様子が無い。ギースはその様子を見ながら愛用のロングソードの柄を握った。

「魔力を感じるな……炎を呼んでいる奴がいる。笑い声は魔物か？　一体何が起きている？」

魔力を読み取り、目の前の状況に対応するために思考を巡らせる。

「団長。使用人は全員救出しました。伯爵も今は城で王女と謁見している為に無事であるそうです」

若い騎士が汗だくになりながら、集めた情報を報告する。

「他にわかる範囲で屋敷にいる人間はいないか？」

「それが……助けた使用人が言うにはオークデン様が屋敷に無理やり押し入ったそうです」

「何やってんだあのボンボンっ！　……仮に火事の原因があいつなら、オークデン家は終わりだな。おい、使用人は黒髪の転移者について何か言っていなかったか」

「いいえ、特には……」

「そうか、無事ならいいんだが。まずはあのボンボンをどうにかせんとな」

火にかける為に用意された水の入ったバケツを持ち、一気に被る。

「団長、何を!?」

「あんな奴でも先代から任された俺の主だ。もう死んでいるかもしれんが死体くらいは拾ってくる。安心しろ、俺の鎧は特別製だ。多少の火や熱なら防ぐ。後の指示は副団長に仰げ」

そう言って、ギースは日の中へ入り込んだ。


「【空刃】っ！」

崩れる瓦礫を飛ぶ斬撃で弾きながら、屋敷の奥へ行く。アグーがそこにいるかは確証がないが、この炎の中心にいると直感が注げていた。熱を撥ね除ける鎧を頼りに扉を蹴破り中を観察する。

「火悪童《インファモ》か。精霊の配下である下級の魔物がどうしてこんなところに？」

燃える頭にゴブリンのような体を持つ魔物が五体ほど踊り狂いながら炎を呼んでいる。奇妙な笑い声の正体は彼等の鳴き声のようだ。

そして、その踊りの中心にアグーが座っていた。その前には背中にナイフを刺され死体となった召喚士のソヴィンが倒れていた。

「……ギースか、何をしに来た」

両手を血に染めて狂気的に嗤うアグーが焦点の定まらない目でギースを見る。

「伯爵様の屋敷で火事があったと聞いてな、来てみたら中には主人がいるというから助けに来たんだが余計な世話だったようだな。……何があった、いや、何をした？」

「ヒッヒ、俺の破滅を消したのさ、使えない転移者のクソガキを殺してやった」

足元を見ると絨毯も燃えてしまっているが、何かの魔法陣の痕跡があった。

「あいつを罠にかけたのか……それならそれで終わりだろう。どうしてソヴィンを殺し、魔物が炎を呼んでいる」

「オークデン領は終わりだ。ワシは民から搾り取った隠し財産を使って逃げるつもりだった。ソヴィンはワシの逃走資金から何割か渡す手筈で協力させていたのだ。死ぬ前に魔物を呼び出し、ソヴィンに呼ばせた魔物に火事を起こさせ、火に紛れて逃げる予定だ。……ただでさえ苦しい生活が待っているのにこれ以上金を減らすわけにはいかんだろう」

アグーの目がギラギラと光る。帝都で騒ぎを起こして逃げ切れるわけがない。正常な判断はとうにできていないのだ。ソヴィンとのやり取りがどうだったかは知らないが、この男は狂っている。

ギースは一瞬目を閉じて再び開く。

「民の金にまで手を付けるか悪党。悪いが、先代の誇りに懸けて貴様を殺す」

アグーは手に持った複数の鉄の球が集まったかのような奇妙な物体をギースに見せる。

「無理だな。見ろ、転移者の為に集めていた貴重な魔道具だ。これを使えば呼びだした火悪童を自由に操り、さらに炎から身を守ることができる。これで貴様を殺して逃げ出せば――」

言い切る前に白刃が牙のように弧を描き、一瞬で五体の火悪童の首を落とす。火の粉となって消える火悪童を見て真っ青になったアグーは転がりながらギースから距離を置こうとし、それまではアイテムの力で感じていなかった炎の熱に阻まれる。

「ヒィイイイイイイ。熱い、熱い、やめろ、騎士のくせに恩を忘れたか！」

無表情のままギースは剣を構えた。

「これが俺の恩返しだ」

振り下ろされた剣はアグーを袈裟懸けに切り裂き、痛みを感じる暇もなくアグーは力尽きる。ギースはアグーの高級な衣服で剣についた血を丁寧にふき取り、かつての主に背を向けて歩きだした。

崩れていく屋敷から出たギースは部下と憲兵に囲まれたが、アグーは見つからず、屋敷には炎を呼ぶ魔物がいたので倒した、とだけ伝え、大きくため息をついて瓦礫に腰かける。俯きながら思い出していたのは、あの部屋に真也の死体はないということ。

「小僧、死んだか……もし生きているのなら、頑張れよ」

その後、オークデン騎士団は屋敷の救助活動に当たったことやこれまでの領内での功績により、露見したアグーの罪についての責任を負うことなく解散した。団長のギースには数多の組織から勧誘の声がかけられたがその全てを断り、先代の領主から貸与された装備と真也が修行で使っていた具足だけを自費で買い取ると、オークデン領から旅立つのだった。

◆◆◆

ダンジョンに来て四日目。今日も今日とて芋を食す。今日は昨日のファスが考えてくれた工夫に合わせて僕も何かアイデアを出すことにした。といってもキャンプの知識もないので水場に沈んでいた丸い石を温めるという雑な方法だけどね。石を焚火でしっかりと焼いた後に葉っぱで包んだ芋を入れて石を乗っける。【掴む】を使えばアチアチの石でも掴めるのは助かる。朝の柔軟体操や受け身の練習をファスとしつつ、しっかりと熱を通してこれまた【掴む】で芋を取り出す。このスキル芋焼きにおいて最強だぜ。石を使ったからか、包んだ葉も残っている。ぺりぺりと剥がして葉っぱをお皿にして並べる。

「綺麗に焼けました。石で焼く手法は本で読んだことがありますが、便利ですね」

「僕がいた世界では石焼き芋っていう料理があったんだよ。季節の風物詩だった。この世界にサツマイモあるかなぁ」

(タベテイイ?)

「もちろん。皆で食べよう」

三人で食べる。しっかり火が通っているのにしっとりして、サツマイモほどではないが甘味を感じる。

「美味しいです。呪いが解けて気付いたのですが、どうやら私は味覚も制限されていたようです。味がはっきりとわかります。食事って素晴らしいです」

「うん、そうだよな」

爺ちゃんが死んでから、食事を味わうということをしなくなった気がする。旨い不味いはあっても、それを楽しむ心の余裕がなかった。ファスとは違うけど、僕も本当に今の食事が美味しい。

（マイウー）

ハグハグと食べるフクちゃんを撫でながら、食べる喜びを噛みしめたのだった。

食事が終わると干していた服に着替えて、柔軟体操をする。

「今日はどうする？」

「まだ、情報が足りません。まずは群れの様子や周囲の地形を理解しながら、マドモンキー達を相手にスキルの練習をしてみませんか？」

「賛成だ。昨日ファスに突きを見てもらったからな。実戦で試したい」

（アイツラ、タベル）

というわけで今日はマドモンキー狩りをメインに周囲の地形を把握することにした。

セーフティーゾーンとダンジョンの境目でファスを背負い、泥地に足を踏み入れた。一気に臭いが変わる。【ふんばり】でしっかりと地面を掴み、走りだす。セーフティーゾーンからファスの案内で倒木が多い場所に向かう。

「ここは、ボス猿に出会った場所に近いですから、罠を仕掛けるには最適です」

「基本的には動きを封じて火力のある技を当てるから、やっぱりフクちゃんの糸が効果的だよな」

（マカセテ）

足場としても使えそうだし、しっかりと場所を覚えておこう。霧で見通しが悪いとはいえ目印を覚えれば逃げる時の方角はわかる。そうしているうちにマドモンキーを見つけた。

「やっぱり、マドモンキーを減らさないとボス猿を罠にかけても邪魔されるよな」

「泥から生まれるとはいえ、無限にいるわけではありません。ボス猿を警戒しつつ徹底的に群れを減らしましょう」

ファスを下ろし、戦闘開始といっても流石に慣れているので不意打ちにさえ注意すれば危なげなく対応できる。浸透させる突きを間合いを測りながら打って、体にタイミングを叩き込む。

「踏み込みが足りません。体を固定しないと【掴む】が失敗します」

「わかった」

フクちゃんが糸でファスを守り、ファスは僕の技の問題点を指摘してくれる。アドバイスの一つ一つが的確で技が洗練されるのがわかる。フクちゃんはマドモンキーに牙を突き立てては少しだけ吸って食べるということを繰り返していた。

二十体ほどマドモンキーを狩ったところで、ファスが何かに反応する。

「ご主人様、来ます！」

低く肉食獣のような吠え声。ボス猿の鳴き声だ。まだ遠いが、緊張が走る。

「ファス、背中に乗れっ」

「はい」

すぐにフクちゃんが糸で固定をしてくれる。【ふんばり】で泥を蹴って倒木も利用して一気に走りだす。背中で泥が跳ね、倒木が吹き飛ばされる音がする。うへぇ、大分怒ってんな。

『ゴォアアアアアアアアアアアアア』

「怖っ！」

「大丈夫、セーフティーゾーンまで間に合います」

振り返る余裕も無く、草地に入り込む。一息ついて振り返ると霧の向こうから悔しそうな唸り声が聞こえた。

「やっぱ、入り口に向かうのは無理だな」

「わかっていたことです。私達はあのボス猿を倒すしかありません」

（ダイジョブ、コロス）

ファスもフクちゃんもやる気は十分のようだ。頼もしい限りだよ。

「目をつけられたし、今日は草地で稽古に切り替えるか」

まだ胸がドキドキしている。野生動物ってのはマジで怖い。元の世界の猟師さんとか凄いよなぁ。

とか日和っていると、ファスが首を振る。

「いいえ、水と食料があるとはいえ、長期戦になると体が弱るかもしれません。決戦を見越して準備をしましょう。群れを削り、少しでもレベルを上げます。ご主人様なら大丈夫です！」

「……だよね、そう思ってた」

うぅ、怖いけどファスにそんなカッコ悪いことを言いたくない。幸い、ボス猿はずっと此方にいるわけでなく、一定の範囲を巡回しているようだ。何かダンジョンのルールでもあるのだろうか？

十分にボス猿が離れたことを確認して沼地に入ってはマドモンキーを狩りまくる。ボス猿の気配を感じたら即逃げるを繰り返した。芋を食べて休憩しつつ一日で八十体近くのマドモンキーを倒して、走りすぎて足がパンパンになったところでファスさんが休憩の許可をくれた。いや、ギースさん並みに厳しくない？

◆◆◆

五日目、昨日と同じ方法で芋を食べる。これが一番美味しいと思います。他にも食べられるものがないか探したがなんせ知識が無い為に安全に食べられるものや調理方法がわからない。こんなことならアウトドアの本とか読んどくんだった。異世界で通用するのかわからないけれど。

「昨日の最後の方はマドモンキーが大分減っていたような気がします。今日で狩りつくしてしまいましょう。ボス猿と戦う時に妨害されると厄介ですから」

「そうだな。多数を相手するのも慣れたし、今日は昨日よりテンポよく狩れると思う」

ギースさんが教えてくれた戦闘技術を使って戦うのは結構楽しいし、自分が強くなる実感が凄い。一気に成長しているという感覚は何物にも代えがたいモチベーションだ。ボス猿はまだちょっと怖いけどね。

（ボクモ、ソロソロ）

「フクちゃんがマドモンキーを食べて何かを習得できそうです。泥地に糸も張っていますし、私の目と合わせて索敵の精度はかなり高いと思います」

（エッヘン）

「……薄々理解してたけど、二人共有能過ぎない？」

この霧では視界が無く、ポンコツと化しているのだけど、自分の立ち位置が不安だぜ。フクちゃんの糸は地面にも張られており、遠距離でも踏まれるとわかるらしい。ファスの視力もレベルアップに合わせて広がっているようだし、成長著しい。うん、せめて肉体労働はしっかり頑張ろう。食事の後は柔軟体操をして、受け身で準備運動をしっかりとこなす。そして泥地の境目へと向かう。

「よしっ、気合入れて頑張ろう」

「はい、ご主人様っ」

（エイエイオー）

皆で泥地に足を踏み入れた。

（アッチ）

「十時の方角に小さな群れです」

「任せろ！」

言われるがままに、走ってマドモンキーを殴り倒し。

（コッチ）

「数が十体を超えています。よい練習になりそうです。【息吹】で奇襲します！」

「あっ、うん。あの数は無理だからよろしく」

数が多い場合はファスが炎弾で散らして、フクちゃんと僕で残りを倒す。戦闘後、崩れたマドモンキーに牙を立てていたフクちゃんがフルフルと体を震わせている。

「どうしたフクちゃん。泥が目に入ったか？」

「呪い状態になってしまったのですか？　すぐにご主人様に乗ってくださいっ！」

（ノロイ、ダイジョブ）

「「えっ？」」

フクちゃんがぴょんと僕の傍から離れて倒木に乗る。三分ほど経っても変わらず動くことができている。今までは十秒ほどが限界だったはずだ。

「おぉ、呪いの耐性がついたのか」

「マドモンキーから【簒奪】をしたのは耐性だったのですね。凄いですフクちゃん」

（エッヘン）

前足を上げて誇らしげにポーズを決める。これで作戦の幅が大幅に広がるぞ。

「ん？」

（ボス、クル）

ファスとフクちゃんが同時に反応する。どうやらボス猿が近いらしい。

「セーフティーゾーンに逃げましょう。このまま七時の方角へ走ってください。倒木を利用してボス猿をまきます。フクちゃん、妨害をお願いします」

（ワカッタ）

事前に張っていた糸を展開して、倒木を利用したトラップで時間をつくってセーフティーゾーンへ逃げ入る。ファスを背中から下ろす。

「あのご主人様、何かお気に障りましたか？」

（マスター？）

ん？　あぁ、喋らなかったからファスが不安になったらしい。

「実は……めっちゃ楽しい」

マドモンキーには立関節技や投げ技は効果が薄く、ギースさんの剣術を参考にした打ち技をメインに戦っているのだが、ボコボコにされ続けながら鍛えた成果を如実に感じられ、自分の中で新しい足捌きやコンビネーションがどんどん生まれてくるからそれに集中してしまった。ボス猿が遠ざかるまでの時間も体を動かしたくてしょうがない。

「それなら良かったです」

「待ち時間がもったいないな。ファス、型を見てくれないか？」

「私は武術の知識はないのですが、大丈夫でしょうか？」

「動きの中でぎこちないところとか、単純に見ていて綺麗じゃないとかでもいいから言ってもらえるとかなり助かる」

「それでしたら、足の幅から指の先までご指摘できると思います」

「……そんなにダメだったか」

圧倒的な観察力でダメ出しをされながら、型に打ち込む。そうしているうちにボス猿が出て行ったら、また泥地に入ってマドモンキーを狩り続けた。最後らへんはファスが、魔力のコントロールに慣れて細かな炎弾で蹴散らしたりしていたので、夜になるギリギリまでハイペースで狩り続けることができ、確実にマドモンキーの数は減っていった。

暗くなる前にセーフティーゾーンに戻り、体と服を洗う。芋と焚火の準備が完了したころにはすっかり夜になり石焼きとは別に明かり代わりに焚火を用意した。

「モグモグ、とても贅沢な悩みなのですが芋にも飽きてきましたね」

「美味しいんだけど、基本的に焼くことしかしてないからなぁ」

毒スープよりはずっとましだけど、同じ味ばかりというのは流石にキツイ。せめて塩があればまだ飽きずにいられそうだが。

（オイシイ）

横で芋を食べるフクちゃんを撫でる。ちなみに、現在の僕等の格好はフクちゃんが用意した葉っぱの服であり、着心地が良いとは言えないが、バスローブのような感じになっており、最初の腰ミノに比べれば上達が著しい。フクちゃん……恐ろしい子。

「ここがダンジョンである以上、マドモンキー達はいずれまた生み出されるでしょう。食料もいつまで持つかわかりません……少し食べ過ぎたかもです」

申し訳なさそうに肩を落とすファス。確かに林の奥にある芋も心もとないよなぁ。群生しているとはいえ、僕とフクちゃんはかなり食べてしまった。ファスも呪いが解けてからはよく食べるようになったしな。マドモンキーを倒しては芋を食べ、また倒しては芋を焼き食らう。そんな生活をしていたら芋も無くなるし、流石に飽きる。

まぁ、なんだかんだ長居している理由は他にもある。

「鍛錬が楽しすぎた……」

「わかります。私も元気な体が楽しくて、狩りに熱中してしまいました。ご主人様が教えてくれた受け身も少しだけできるようになりましたし。健康とは何物にも代え難いものです」

（カリ、タノシイ）

そう、マドモンキー狩りにハマってしまったのだ。だって楽しいんだもん。実際、体が泥でできたマドモンキーは泥人形みたいなものなので倒しても罪悪感は少ない。ほどよい素早さと連携で向かってくるので多人数戦闘の練習としてはこれ以上ないほどの教材になる。

振り返ると泥の足場の中で【ふんばり】を駆使しつつ、『衝撃を浸透させる突き』の練習をマドモンキー相手に延々とし続けたことにより、今日の狩りを経て、成功率は各段に上昇した。

ファスは【息吹】と【精霊眼】のレベル上げ。フクちゃんはマドモンキーを百体以上ほど食べることで呪いの霧に対応するスキルを手に入れたらしく、短時間であれば単独で動けるようになったっぽい。

「ご主人様。一度、鑑定紙で今の私達を鑑定してみませんか？」

「そうだな。じゃあ、僕から見てみるよ」

体に鑑定紙を当てると、ジワジワと文字が浮き出てくる。

名前：吉井　真也　（よしい　しんや）
性別：男性　年齢：16
クラス▼

【拳士LV．22】
【愚道者LV．24】
スキル▼
【拳士】▼
【拳骨LV．18】【掴むLV．16】【ふんばりLV．21】
【呪拳（鈍麻）LV．9】
【愚道者】▼
【全武器装備不可LV．100】【耐性経験値増加LV．20】【クラス経験値増加LV．12】
【吸呪LV．21】【吸傷LV．13】【自己解呪LV．18】【自己快癒LV．16】

「ありゃ、新しいスキルがあるな。気づかなかった」

「【呪拳】ですね。聞いたことのないスキルです。言葉のままならば対象に呪いを付与する拳ですが、どうなのでしょう」

「試してみるか。【呪拳】!! ……技名を出しても発動しないってことはまたしてもパッシブなのか」

意識を集中し、拳の魔力を高めファスの呪いを引き受けた時のコールタールのようなイメージを強く持つ。するとうっすらと黒いオーラが拳から出てきた。といっても集中してやっと見える程度だが。

「やはり、対象に呪いを付与する拳のようですね。【拳骨】と同じように強弱の調整をするスキルのようです」

（マスター、カッコイイ）

「いやいや、パッシブってことは常時【呪拳】は発動してるんだろ？　日常生活に問題ありそうなんだが」

　握手で呪い付与しちゃったらどうすんだよ。

「パッシブスキルは確かに常時発動のスキルですが私の眼で見る限り、通常時はまったく効果はないようです。そもそもご主人様のスキルは特別なものである可能性があるので既存の法則に当てはまらないかもしれませんし」

「それを聞いて安心したよ。フクちゃんを撫でられなくなるからな」

（ナデテー）

　僕の精神安定には欠かせない行為なのだ。ピョンと跳ねるフクちゃんをキャッチしナデナデする。するとファスもジーとこっちを見ているので撫でてやる、シャリシャリとした感じだ。結構髪の毛伸びてきたな。

「もちろんファスもな」

「わ、私は別に……それよりご主人様。そのスキルはもしかしたら私の呪いを吸い取った影響かもしれません。すみません」

「普通にしてたら問題ないんだろ？　それなら新しい武器ができたのはプラスでしかないよ。ファスのおかげだ」

「ご主人様……ありがとうございます」

（ファスハ、イイコー）

フクちゃんがファスに飛び移る。というか呪いならさんざんこのダンジョンでも【吸呪】してるしな。

続きましてファスさんのステータス。

名前：ファス
性別：女性　年齢：16
クラス▼
【？？？】
スキル▼
【竜魔法（黒竜）】▼
【息吹LV．10】
【精霊眼】▼
【精霊眼LV．7】
【？？？】
【耐毒LV．10】【耐呪LV．50】

順調にレベルアップできた模様。というか【？？？】のスキルが追加されている。

「前見たときになかった【耐毒】【耐呪】があるな」

「呪いや毒に対しては元々耐性を持っていた感覚はあったので、どうして今鑑定にでてきたのかわからないです。クラススキルとして発現しているように読み取れるので、何かクラスに関する変化があったのでしょうか？」

わからんが、まぁ悪いことじゃなさそうだ。他の【息吹】に関してはファスの元々の魔力操作も相まってレベル以上に強力なスキルに仕上がっている。【精霊眼】に関してはいまだ効果がはっきりしないのでわからないが『視る』行為全般の強化が行われているようだ。

続いて真打のフクちゃん。

名前：フク
クラス▼
【オリジン・スパイダーLV．30】
スキル▼
【捕食】▼
【大食LV．19】【簒奪LV．18】
【蜘蛛】▼

【毒牙LV．24】【蜘蛛糸LV．28】【薬毒生成LV．15】【回復泡LV．20】
【隠密LV．10】
【原初】▼
【自在進化LV．18】【念話LV．10】【戦闘形態LV．5】【耐呪LV．8】

レベル三十だと⁉　相変わらず成長が早いな。新しいスキルは【耐呪】だな、これがマドモンキーから簒奪したスキルか。ファスのものと同じスキルなのだろう。

「さすがフクちゃん。強いな、ボス猿との戦いでは頼りにしてるぞ」

「私も負けてられません」

（エッヘン）

僕等の戦力も整ってきたし、そろそろ決着をつけるときだろう。

「芋にも飽きたことだし。早くダンジョンから出よう。肉とか食べたいな」

「はい、食事が楽しいので色々な物が食べたくなりました」

（アノサル、タベル）

フクちゃんの牙が焚火の明かりに反射してギラリと輝く。現状手に入りそうな肉はただ一つ。待ってろよボス猿。芋生活を脱却するため犠牲になってもらおう。


翌日。

ボス猿を倒す為の作戦を皆で考えながら、泥地に色々と仕込みをする。といっても、大事な部分ははほとんどフクちゃんがしてくれたけどね。

「罠についてはこのくらいかな。ついでにマドモンキーを探して狩っとくか？」

「いえ、今日は休息にしましょう。万全の体調で迎えるべきです」

（サンセイ）

ファスとフクちゃんがそう言うならしょうがない。まだ昼頃だが芋を食べて、久しぶりに黙想をしてみた。ファスも付き合ってくれるようだ。僕の横で正座して目を閉じている。道場では稽古前に欠かさず一分ほどは黙想をしていた。心を静めて気持ちを切り替える稽古だと言われたっけ。鼻から吸って脱力を意識しながらゆっくりと口から息を吐く。風が草を通る音、日差し、横にいるファスの息遣い。そして僕の心臓の音が聞こえる。僕はまだ生きている。まだ死にたくない。生きたい。もっとファスやフクちゃんと一緒の時間を過ごしたい。その決意が活力を指先まで運んでいるように感じるのは少し浮かれているからなのかも。

目を開けるとファスはまだ目を閉じていた。高い鼻に薄い唇。血色がよくなった頬。普段から魔力のコントロールで瞑想をしている為か、僕とは比べ物にならない深い集中だ。息遣いがなければ陶器でできた美しい人形だと言われても信じたかもしれない。

こちらの視線に気付いたのかゆっくりと目を開ける。宝石のような複雑な輝きを持つ深緑の瞳が此方を向いて僕が映る。

「どうしましたご主人様？」

「見惚れてた」

ここまでがっつり見といて、誤魔化すこともないだろう。心から綺麗だと思った。その容貌だけでなく、出会ったあの日の夜からファスの在り方が美しいと心から思う。

「……そうですか」

ポテンとファスが頭を傾けてぎこちなくもたれてきた。

「……えっと、こうしたいのですが、奴隷の分際で不敬でしょうか？」

猫のように目を細めながら此方をチラリと見てくる。

「こうしてくれた方がずっと嬉しい」

「良かったです」

（ボクモー）

フクちゃんがファスの膝にのり、丸まって目を閉じる。そのまま静かな時間を過ごす。それはとても穏やかで大事な時間だった。

肩に感じるこの温かさの為に生きる。心からそう思えるから、この感情を言葉にすることはきっと簡単だ。……でもそれは、ダンジョンから出て伝えよう。変なフラグになったら嫌だしな。

しばらくすると眠っていたらしく、ファスが膝枕をしてくれた。その後、しっかりと柔軟体操をして横になり体を休めたのだった。

次の日は、空がまだ紫色の時間に起きた。薄暗い中で石を使って芋を焼く。

「うん、飽きた」

「ですね。他のものが食べたいです」
（オニク）
緊張を誤魔化すように、食事の愚痴を言い合いながら芋を口に放り込む。フクちゃんが作ってくれた葉っぱの服を脱いでもうボロボロになった綿の服に着替える。泥のシミはもはや染み付いて洗っても落ちない。いたるところが破れていたが、フクちゃんが糸で補修してくれている。ツギハギではあるが、やはり動きやすいのは助かるな。ファスはローブを羽織り、フードを被る。

「さぁ、行くか。二人とも手はず通りに行くぞ」

「はい、お任せください」

（オー）

今日の作戦では特にフクちゃんの負担は大きいかもしれないが、本人はやる気だ。頼りになるな。

霧の中に入り、ファスが敵を探る。ほんの十分程度でボス猿を見つけた。

「見つけました。十一時の方角、二百メートル先です。この位置ならば、罠の位置まで誘導できます」

霧のせいで五メートル先も見通せず、枯れ木などの障害物もあるってのに二百メートル先の対象を見つけるとか、改めてとんでもない能力だな。すでに視力とかそういったものとは別次元の能力になってない？　心の中で戦慄しながら、状況を確認。

「了解、お供は何匹いる」

「四、五匹ですがボスが呼べばまだやってくると思います」

「散々狩りをしたってのにな。ファスは所定の場所に移動しといてくれ。フクちゃん、目印の糸は辿れるか？」

（バッチリ）

「じゃあ、道案内よろしく。じゃあ行ってくる」

「はい、ご武運を」

深くファスが礼をする。なんかいいなこういうの。

「あぁ、ファスもな。また後で」

そう言って、【ふんばり】を発動して泥の上を駆ける。フクちゃんは僕の背中で道を戻れるように糸を出してくれている。枯れ木から枯れ木へと飛び移り近づくと。

『ゴァアアアアアアアアアアアアアアア』

という遠吠えから、一気に木々をなぎ倒しボス猿が近づいてきた、こっちが近づいているのを察知したのか、さすがの索敵能力だ。ファスがいなけりゃ先に見つかって詰んでたな。

「フクちゃん。道案内よろしく」

（マカセテ）

全速力で来た道を戻り、そこからはあらかじめ用意しておいた道標になる糸を辿っていく。糸は細くフクちゃん以外に判別することはできないだろう。

群れを削られて怒っているのか、ボス猿が立てる音は真っすぐにこっちへ向かってくる。若干あっちの方が速い気がするな、間に合うか？

「フクちゃん！　まだ遠いか？」

（アト、スコシ）

いきなり踏ん張りどころだな、気合を入れて足を動かす。

いよいよ音が近づき、ボス猿の影がうっすらと見え始めその呼吸まで聞こえ始めた時に、目的の場所に辿り着いた。

「おっしゃあ!!　フクちゃん任せた」

（イエス、マスター）

何かのアニメっぽい返事をするフクちゃんを放り投げて全開の【ふんばり】で急停止、転身してボス猿の足元へ入り込む。

前回のように足払いをしようとすると、ボス猿は跳び上がり一回転して僕を飛び越える。すぐに向きを直し構えるとボス猿もこちらをみて歯をむき出し威嚇する。

相まみえ、一瞬の静寂。それを破ったのはボス猿だった。

「ゴァアアアアアアアアアアアアアアアアア」

音がぶつかってくるような咆哮。だけど、前よりは怖くない。この感じは仲間を呼ぶ気だろうな。マドモンキーの足はボス猿よりも遅いとはいっても時間の余裕はあまりないだろう。

「そうはいくかよ」

耐性があるとはいえ、呪いの霧と仲間のマドモンキーのことを考えるとこの戦いは短期決戦以外にありえない。

出し惜しみなし。全力で踏み込み、突きを放つ。使うのは『衝撃を浸透させる突き』だ。咆哮の為に隙があったのか、それとも油断か拳はあっけなくボス猿の腹に当たり【掴む】を発動させる。

ボス猿は懐に入り込んだ僕に拳を放とうと振りかぶる。なるほど、わざと打たせて回避させないつもりだったのか。前回僕の攻撃が効かなかったのを覚えているのだろう。

だけどそうは問屋が卸さない。

【掴む】【ふんばり】【拳骨】の三つのスキルを集約させたこの一撃を舐めるなよ。

拳から伝わる感触は木々を打つ感触ともマドモンキーに対して打った時とも違う、相手の内臓を鷲掴みにし、引きちぎるような感触。

「ゴォァアア！」

苦痛の叫びを上げるボス猿の声が聞こえる。手ごたえあり！

しかし対象を【掴む】という性質の為に生まれる攻撃後の隙をボス猿は逃さず、攻撃を食らいながら振り下ろされたボス猿の拳に吹っ飛ばされる。

「マジか!!　流石だな」

あの一撃を食らいながらの反撃に思わず一言。すぐに立ち上がり追撃に備えると、ボス猿は血を吐いて苦しんでいた。だがその目は僕を見ている。まだまだやる気のようだ。

だがその隙を逃す彼女じゃない。

「ガァアアアアアアア」

細い体からは想像もつかない絶叫。苦しむボス猿に側面からの黒い火球が直撃する。一切の調整をしていないその全力の火球は爆発しボス猿の巨体を吹っ飛ばす。ローブに泥の迷彩を施し泥地の中で隙を狙っていたファスによる援護だった。作戦の第一段階は成功。ここから押し切る。

吹っ飛ばされたボス猿はそれでも転がりながら泥を掴みファスに投げつける。

「させるかっ！」

間に入り拳で払う、泥で一瞬視界が塞がれ、目を開けた時にはボス猿は逃げ出そうと跳び上がっていた。

（ムダムダ）

そしてその先にある糸に絡みつかれ、更に先に繋がる木々が絡みつく。周囲の枯れ木を使い一面に巣をはる準備をしていたのだ。ボス猿が入った瞬間に巣は閉じられる。そしてこの巣の狙いは逃走防止だけじゃない。

「キキィイイ」
（コロス）
ボス猿を助けにきたマドモンキー達が巣に絡まり動けなくなっていた。無論泥の中にも杭を複数打ち込み、糸を張っている。フクちゃんの役割はこの場に群がったマドモンキー達の足止めだ。大蜘蛛の姿になり巣に絡まったマドモンキー達を恐ろしい速さで処理していく。フクちゃん……頼りになる子!!

ただしそれでもマドモンキー達は次々と群がってくる。土中から杭をすり抜けマドモンキー達は入り込んでくるだろう。早く決着をつけなくてはならない。中段の構えを取り、ボス猿を牽制する。

「ガァアアアアアアアア」

動きを制限されているボス猿にファスがさらに火球を吐き出す。

糸とその先の木々に絡まり動きを制限されたボス猿はそれでも、力まかせに体をひねり回避する。

「まだ動くか。ファス、僕が動きを止める」

「くっ、わかりました」

ファスに下がるよう指示し、突っ込む。ボス猿のラリアットを正面から受け止め踏ん張る。

「押し比べだ」

力はボス猿の方が強いが、圧倒的な差ではない。それなら技で対応できる。柔道では引き崩す技が多いが僕の学んだ武術は押し崩すことが多い。掴んだ拳を相手の隅（体勢が崩れる場所）に押す。ボス猿は拳をそのまま引き、もう一方の手で僕を殴ろうとする。横面打ちで受け、転身、脇に手を差し込み絡み投げる。

「おりゃあああああああああ」

相手が重すぎてこっちの身体まで倒れる。一瞬早く起きたボス猿が上から殴ってくるのを掴み三角絞めをしようとするがそもそも足が首に届かないので、肘関節を決めにかかった。力まかせにほどかれ投げられる。泥に打ち付けられるが、目に泥が入らない立ち回りはここ数日で練習済みだ。

「ガァアアアアア」

僕が離れたタイミングでそこにファスの火球が炸裂、再びボス猿は吹き飛ばされる。

それでも立ち上がったボス猿は口から血をはき、体の三分の一は火球により削られ焦げている。

それでもまだ倒れない。

（マスター、ソッチイッタ）

複数体のマドモンキーが巣を抜け中に入ってきた。

「ファス、頼めるか!!」

「無論です!!」

ファスが距離を取りながら威力を絞った火球で迎撃していく。だが【息吹】のスキルは燃費が悪いしフクちゃんの耐呪もどこまで持つかもわからない。

「これで最後だ」

「ゴァア……」

開手を中段に置いて、構える。ボス猿もこちらを威嚇し歯をむき出しにする。もう逃げる気はないようだ。

さっきボス猿を打った時に感じた感触。おかげでこの技の名前は決まった。カッコ悪いかもしれないが自分の中ではしっくりきている。

不思議なものだ。こういう時は不思議と相手と間が合ってしまう。示し合わせたようにボス猿と同じタイミングで足を出して全力で踏み込む。ギースさんがよく使っていた歩数を調整する足捌きで、相手の懐に飛び込む。髪の毛の先をボス猿の爪が掠る。この一足は譲れない。

懐に入られたボス猿は回避しようと体をよじるが、小さな火球がボス猿に当たり動きが止まる。ナイスフォローだ、ファス。衝撃を浸透させる突きが吸い込まれるように腹部に命中する。

「ハラワタ打ち！」

思いついた技名が自然と口から出た。打ち込んだ拳は今度こそ内臓をズタズタに引き裂いた。

口から血を吐きボス猿が崩れ落ちる。残心をとるが、ボス猿の瞳に光は無かった。ブルブルと手が震える。勝ったのか？　本当に？

喉から声にならない声があがる。異世界に来て初めての勝利だった。

「ご主人様！　やりました！」

（マスター、スゴーイ）

「勝ったぞ、ファス、フクちゃん。勝てた、皆で勝ったんだ！」

皆で抱き合って座り込む。怖かった、今も心臓がドキドキしている。この鼓動が僕等が生きていることを教えてくれる。ファスは泣いていた。僕を抱きしめて泣いている。勝てて良かった。本当に良かった。泥だらけだが、心は晴れ晴れだ。

（マスター、ボク、ウゴケナイ）

不意に引っ付いていたフクちゃんがポテンと倒れる。

「大丈夫かフクちゃん！」

「呪いの影響が出ています」

耐性を超える影響を受けたらしい。すぐに【吸呪】すると、ピョンと起き上がりボス猿に向かってさっそく牙を突き立てていた。
（ゲンキ）
「ドキドキしたよ」

「はい、良かったですフクちゃん。ご主人様、すぐに移動しましょう」

確かに余韻に浸っている場合じゃないか。マドモンキー達はいるだろうし、戦闘は終わってない。

確認しようとすると、マドモンキー達は止まっていた。足先からずぶずぶと泥の中に沈んでいるようだ。

「マドモンキー達はどうしたんだ？」

「ダンジョンから生まれた魔物はダンジョンが消える時に一緒に消えます。今このダンジョンは消えようとしているんです、なので……」

「なので？」

「お肉を早く剥ぎ取らないと!!　フクちゃん、食べるのもいいですけど皮を剥いでください。道具がないんですから」

（アト五キロタベルノ、マッテ）

えぇ……ファスさん？　さっきまで泣いていたのに切り替えが早い。まぁお肉は大事だよな。そういえば霧も晴れてきている。これでダンジョンを攻略したことになるのか、なんか忘れているような。

首をひねっていると、目の前でモゴモゴ泥が盛り上がり棺のような形の箱がでてきた。

「ファ、ファス、なんか出たぞ、なんだこれ？」

「わ、忘れてました。ダンジョントレジャーです。開けてみましょう」

そうかトレジャーの存在忘れてた。戦闘の余韻と肉に思考が支配されていたからな。

開けてみると、意外と入っているものは少ない。背負い紐が付いた袋に、巻物が一つ、あとは湾曲した刃にトライバルの文様がついた手斧が二本だった。他には箱の底に、石ころかと思ったらなにかの原石を見つけた。

「うーん、なんていうか金銀財宝みたいなイメージがあったんだけどな」

「そういったトレジャーもあるようですが今回は違うようですね。ダンジョンの規模が小さいということもあるのでしょう。でもスクロールがついてますよ、これは大きな成果です。それに他のものも魔力の流れが見えます。特別な効果を持っているかもしれません」

「スキルを覚えられるんだっけ？　武器の鑑定とかはできないのかな」

「武器用の鑑定紙が必要になります。道具は道具の鑑定紙ですし」

「とりあえず、全部持っていくか。ちょうど袋あるし」

スクロールと原石を袋に入れるとまるで広い空間に投げ入れたように消えた。これってもしかしてファンタジーでお約束のアレか？

「もしかして、アイテムボックスか？」

「す、すごいです。初めて見ました。大変高価な道具だったはずです」

さすが魔法のある世界。試しに取り出そうとして手を入れると。中に入っているもののイメージが頭に浮かんできた。選択すると手の届くところにものがあるようになり引き出せる。こりゃ便利だ。

「これって入れられないものとかあるの？」

「えーと、生き物は入れられないはずです。あとアイテムボックスによって容量があります。確か重さで決められていたはずです」

「よし、じゃあとりあえず入るだけこの袋に入れてみよう」

　というわけで斧なんかも入れてみたがまだまだ余裕で入りそうだ。

「ご主人様、斧を出してください、とりあえずこの斧でボス猿を解体します」

「あっはい」

　言われるがままに斧を取り出し、解体に参加する。

「うぇええええ」

「あの、ご主人様。休んでいてもいいですよ？　というかこれは奴隷にやらせる仕事だと思います」

「いや、やらせてくれ。いずれ必要になりそうだしな」

　内臓を取り出す作業で気持ち悪くなってしまったが。ファスが汗を流して作業をしているので休むわけにもいかない。フクちゃんも酸性の毒と牙で器用に解体を手伝っていた。二人ともたくましいな。うっぷ、吐きそう。

　結局袋には百キロくらいの肉と皮が入り、入りきらなかったり余った肉や内臓は全てフクちゃんが食べた。マドモンキー達は溶けるように消え、そして霧の晴れた沼地を歩き進むと壁のような抵抗は消えて緑の森に戻ることができた。

「ハハハ、やった。出られたぞ」

「はい、もう安心です。周囲にも魔物は見当たりません」

（ミチワカル）

正直自分たちがどのへんにいるのかさっぱりわからなかったが、フクちゃんはわかるらしい。

フクちゃんのナビで歩きやすい硬い地面を歩く。泥地に比べれば舗装されたかのように歩きやすい。

「まずは、泥を落としたいな」

もはや慣れた泥だが、歩きづらいし異臭は不快だ。

「少し進んだ場所に、川があるようです。向かいましょう」

ファスの視線の先を見てみるが、木と藪しか見えない。

「全然見えないんだけど……」

「えと、なぜだか木の向こう側が見えると言うか自分でも不思議な感覚なのですが……」

どうやらファスは霧以外にも見通せるらしい。【精霊眼】っていったいどんなスキルなのだろうか？　ファスの言う通りに進むと川に辿り着く。川幅が二メートルもないような狭い川で、流れも緩やかで小川と言った方がいいだろう。ちょうど良い感じに藪がない場所もある。

「今日は、ここで休憩しようか」

「そうですね、川を辿れば人のいる場所に着けるはずです。泥を落として、野営の準備をしましょう」

（オナカヘッター）

「あんなに食べたのにか」

底知れぬフクちゃんの胃袋に驚愕しつつ、キャンプの準備を始める。今晩は宴だな。

◆◆◆

パチパチと薪が爆ぜる音がして、肉が焼ける音が夜の森に響く。ちなみに格好は下着だけ着て、その他はいつもの葉っぱの服です。着ていた服は火の熱が当たる場所で燃えないように注意して乾かしている。

「うめー!!」

「お芋もお肉と合わせると、おいひいれす」

(ウーマーイーゾー)

というわけで夜は焼き肉パーティーだった。実際のところボス猿の肉は血抜きが不完全なため(内臓を取る際いくつかの臓器から血が出ていた)元々の味と相まってかなり獣臭かったが、そこは欠食児童もかくやという我々である。

小川の中にあった、丸い大きな石をファスの火球で火を付けた焚火に置き、十分に熱した後にボス猿の肉を置いてじっくりと焼き食べた。

ダンジョントレジャーの手斧はかなり切れ味がよく、解体した枝肉を切りわけることができた。付け合わせは、またしても芋である。何か他に食べるものはないか探すと、またしてもあの赤い芋が生えていたので、いつもの石焼き芋にしてみた。

というか現状の調理方法が焼くしかないというのは文明人としていかがなものか。そうはいってもサバイバルの知識なんてあるはずもなく、実際焼いたら大概のものは食べられる。しかしそろそろ汁物が恋しくなってきたなぁ。

限界まで肉と芋を食べた後、フクちゃんが警戒の為に糸を周囲に張り、戦闘や解体作業の疲れもあるので寝ることにした。

……うーんなぜか眠れない。ファスとフクちゃんは寝たようだ。ゴロリと寝転び木々の切れ間の星を見る。そういえばこっちに来てから夜空をじっくり見るなんてこととしてこなかったな。

起き上がり、二人を起こさないように近くの木に登る。【ふんばり】と【掴む】のおかげで自分が猿になったかと思うほどにスイスイと登ることができた。枝を押しのけ夜空に顔を突き出す。

「うっは、こりゃすごいな」

どこまでも透き通った夜空にこれでもかと星が飾られていた。一応都会っ子だった身としては感動ものだ。

（オツデスナー）

フクちゃんが横にいた。まぁバレるとは思ってた。

「フクちゃん、私を置いて行かないでください。こ、ここからどうやって登れば……」

ありゃ、ファスも起きたのか。少し下りて、途中まで登っていたファスを背負い登りなおした。

「寝てればよかったのに」

「寂しいじゃありませんか」

何を当然みたいに言っているんだ、嬉しいじゃないか。

「そうか、悪かったな」

「そうですよ、誘ってください」

（ソラ、ナガメルノ、ハジメテ）

「そうか、フクちゃんは生まれてすぐ牢屋でその後色々あったからなぁ。綺麗だろ」

（キレイ、マスタート、ファスト、ミラレテ、ヨカッタ）

僕の肩に乗っかってスリスリと体を寄せてくる。

しばらく夜空をみてポツリと告げる。

「……なぁ、二人とも。これからどうしようか？」

「？　私はご主人様と一緒にいますよ」
（ボクモ）
「ありがとう、ってそういう話じゃなくて、森から出てどうするかって話だよ」

正直今までは周囲に流されて先のことを考える余裕なんてなかったからなぁ。

「ご主人様はどうしたいのですか？」

「そうさなぁ、どうしようかなぁ」

元の世界へ戻る気はない、かと言って貴族の元へ戻るのも抵抗がある。勇者の当て馬にされるのはこりごりだ。

「ファスとフクちゃんはどうしたい？」

「私は、ご主人様と一緒に旅がしたいです。美味しいものを食べて、たまにこうやって景色を眺めたりとか、本に載っていた場所にも行きたいですし」

「そりゃ、いいな。せっかく異世界に来たんだから色々見なきゃ損だよな」

「あとは、強くなりたいです。もう何もできないのは嫌です。ご主人様と一緒に強くなりたいです」

空を見上げながら静かに言うファスは綺麗だった。呪いから解かれて未来への希望を語るその輝きはかつて挫折した僕には眩しいほどだ。初めて会ったあの夜に僕を見つめて生きたいと言ったその瞬間から彼女はいつだって美しかった。

僕は立ち直れているのだろうか？　自分じゃあわからないや。伝えたいことがあったけれど、ファスがあんまりにも綺麗だから言葉が喉でつかえてしまう。

（ボクハ、マスターニ、ナデナデ、シテモライタイ）

「そんなのいつだってしてやるぞ」

優しくお腹を撫でてやる。子犬のようにフワフワな感触が気持ちいい。フクちゃんはフルフルと首（上半身？）を振った。

（ホメテ、モライタイノ、モット、ツヨクナル）

「二人して強くなられたら僕の立つ瀬がないな」

いや、マジで本気で鍛えないと置いていかれそうだ。それは嫌だな。

（アトハ、ヒミツ）

「秘密だと。フクちゃんが僕に……隠し事を」

あれ？　なんだろう泣きそうだ。娘にあっち行ってと言われた父親はこんな気持ちなのか。

（スグニ、ワカル、タノシミニ、シテテネ）

「わかったよ、でもちゃんと話してくれよ」

「むぅ、フクちゃん。私が一番奴隷ですよ」

（ワカッテル、ファスガ、イチバン、ボクハ、ニバン）

「何の話をしてんだ？」

「秘密です」
（ヒミツ）
まぁ二人が楽しそうだからいいか。

「さぁ次はご主人様の番ですよ？」

「何が？」

（ヤリタイコトー）

あぁなるほど、僕だけ言ってないのか。うーん、素直に気持ちを言うのは照れくさいもんだな。

「やっぱり、二人と色んなものを見たいな。そんで二人と旨い物を食べまくりたい。あぁあと勇者にリベンジしたいな。ダンジョン攻略とかも興味あるし、せっかくだから武道の練習を本気でやってもいいいな。なんだ、僕も強くなりたかったのか」

思えば勇者に負けた時は本当に悔しかった。ギースさんから貰った手刀の型も全然使えなかった。そして、ボス猿を倒した時の喜びは忘れられない。本気で戦って勝つなんてこと人生で初めてだった。

「お揃いですね」

（オナジー）

「そうだな、なんか言うこと言ったら眠たくなったよ。下りるか、よっと」

（ピョーン）

「えっ、ちょっと、私一人じゃ下りられませんよ!!」

涙目になったファスを回収して、寝転ぶ。具体的にどうするか決まらなかったがなんとなく方針は決まった気がする。この世界でファスやフクちゃんと冒険をして生きていく。それが僕がやりたいことだ。

目を閉じると今度はすぐに眠りに落ちた。

書き下ろし番外編

私の冒険

牢屋での一日

私の名前はファス。シンヤ　ヨシイ様の一番奴隷です。ただいま牢屋で稽古に行ったご主人様の帰りを待っています。日中はフクちゃんも狩りに行ってしまうので、牢屋でただ一人なのです。この牢屋には見張りすらついておらず、昼の食事もここには運ばれない為に、本当に暇です。

「魔力の操作をしすぎて、目が霞んできました……」

私は種族がエルフですから、魔法が使えるので、いつかご主人様のお役に立つために魔力操作の練習をしているのですが、まだ身体に呪いが残っているせいか、しばらく意識を集中すると頭痛がして目が霞んできます。別にその程度は何の問題も無いのですが、やりすぎて気絶してしまうとご主人様が心配して限界を超えて呪いを引き受けようとするので気を失わない程度に練習をしているというわけです。

ご主人様から貰った衣服を着直して立つと眩暈がします。身体は節々が痛み、鱗がかすかに残っている顔や手足の部位は熱と痛みを持ちます。

「……今日も、調子がとても良いですね」

絶好調です。少し前までは調子が悪いと痛みで動くこともできず、声を出すことはもちろん呼吸すら苦痛でしたから。まるで別の身体のように楽です。魔力操作は今日はもうできそうにないのでご主人様が帰ってくるまでにできることをしましょう。格子が嵌められた窓が一つだけのこの部屋は夜になると星々と月だけの明かりしかなく、すぐに暗くなってしまいますから何かするなら昼のうちにしなければなりません。

「お掃除……やってみましょうか」

ずっと前に身体の調子が良いときにお婆さんのお手伝いをしたきりです。ここ数年は呪いが進行して、動けない日々が多かったので久しぶりの家事です。といってもここは家でなく牢屋ですが、将来奴隷としてご主人様の拠点を掃除することだってあるかもしれません。夢は大きい方が良いと何かの本にも書いてありました。

寝床にしている藁の山から藁をひとつかみして、数本をより合わせて紐にして残りの藁をくることでブラシの素を作ります。これを折り曲げてもう一度紐で結んで強度を増します。これで汚れをとっていきましょう。

ご主人様から頂いた服が汚れるといけないので、衣服を脱いで元々着ていたボロ布を身体に巻きます。飲み水が入れられた大甕から水を少しだけ取り出してブラシを湿らせたら準備完了です。

部屋の隅から便器として使われる陶器の周りの床も磨いていきます。すぐに息切れがしますが、この疲労が今の私には心地よいくらいです。体を動かせるということは幸せなことですね。しかし、お掃除をある程度進めると、しつこい汚れにぶつかります。

「びっくりするほど、綺麗になりません……」

表面の汚れはとれますが、すぐに藁がボロボロになります。何年にも亘って染み付いた床のしつこい汚れは今の私の装備《ブラシ》ではなかなか綺麗にすることができませんでした。くっ、このままでは私は家事ができない奴隷です。水も貴重ですから、あまり使うわけにはいきませんし……。

「くじけてはいけません。他のことで、できることをすればよいのです」

ここは気分を変えて別のことをしましょう。寝床を整えて、ご主人様が気持ちよく休めるように藁を調整します。意外とこの微妙な加減で寝心地が大きく変わるのです。なんだか奴隷っぽいことをしているような気がしてちょっと気分が盛り上がってきました。そうこうしていると、フクちゃんが狩りから戻ってきます。

(タダイマー)

窓から小さい身体を通してピョンと私の膝に乗りました。

「お帰りなさいフクちゃん。今日はしっかりと食べられましたか？」

(ボチボチ、オミヤゲアルヨ)

「お土産？」

フクちゃんがお尻を振ると、糸が繋がっているのがわかります。窓の外を見ると下の芝に何かが転がっています。糸を引き上げると油紙に包まれた塩漬け肉でした。しかも煙で燻されているらしく臭いも少し臭いくらいです。流石貴族のお屋敷と言うべきでしょうか、保存食も良い物があるようですね。少し前に、私が昼ご飯を食べていないことを知ったフクちゃんはこうして食材をもってきてくれるのです。今日は御馳走ですから、ご主人様と一緒に食べたいのでお昼は我慢しましょう。

「やりましたねフクちゃん。これは御馳走ですよ！　きっとご主人様も喜ばれます」

（エッヘン、マダアル）

なんと！　今日は、贅沢な夕食になりそうです。女神様がいるのなら感謝しても良いかもしれません。いいえ、やはり感謝すべきはフクちゃんでしょう。本当に偉いです。フクちゃんがもう一度、窓の外に出て、糸を繋げて戻ってきます。糸を引くと今度は瓶に入った乾燥した香草でした。これも保存が利くものとして同じ場所に保管してあったのでしょう。

「本当にフクちゃんは素晴らしいです」

（タベラレル？）

「料理の知識はありませんが。こう見えて、保存食についてはお婆さんからそれなりに教わったのです……多分、大丈夫です」

（ダイジョブ？）

「が、がんばります」

薄切りにされていた肉を舐めると、強い塩を感じます。長期保存用のものですね。このままだと塩っけが強すぎます。

「下処理が必要ですね。フクちゃんが持ってきてくれたお皿を使いましょう」

寝床の藁束に隠していたお皿を取り出します。朝晩出てくる豆スープのお皿は毒を摂取しているかを調べる為に返却を要求されるので何かと不便だと漏らしていたら、フクちゃんが厨房から持ってきてくれたものです。多少曲がっていますが、十分使えます。ここの警備は本当にゆるいので、こういったこともできるのです。あるいは、あの男《ギース》がわかっていながら見逃しているだけかもしれませんが、それならそれで問題はありません。

鉄皿に甕から水を入れて薄切りの肉を入れます。しばらく浸けておけば塩が抜けますし、浸けている水も、豆スープに少し足せば味を変える役割を果たします。ご主人様はかなり激しい修行をしておられるので、塩分を摂取した方が良いと思います。

香草はどうしましょう？　肉に燻の香りがついているので合わせるのも違いますし……豆スープに入れるのはありかもしれません。お世辞にも調理とは言えないような過程ですが牢屋ではこれが精一杯です。塩抜きには時間がかかるので、待っている間に、ご主人様が帰って来てすぐに身体を拭けるように準備をしましょう。先に古い方の布で私の体を洗い、綺麗な清拭用の布切れを準備して、ご主人様の帰りを待ちます。

「……ただいまー」

あの男との訓練を終えたご主人様が帰ってきました。今日も全身青痣だらけですが、いつかのように気を失うことなく、意識もハッキリしているようで安心しました。

「おかえりなさいませ。お疲れのようですね」

「ギースさんのしごきが日に日に強くなっててさ。スキルとの組み合わせありで戦うと一方的にボコボコにされるんだよなぁ」

布を取り出して折りたたみます。

「お体を拭きますね」

「いや、自分で……」

「これは私の仕事ですから」

ご主人様の為にできるせめてもの行為です。ご主人様は恥ずかしそうにされますが、任せてもらいましょう。

（テツダウ）

フクちゃんと一緒に、ご主人様の身体を洗うといよいよご飯です。

「今日は、フクちゃんが塩漬け肉を持ってきてくれたのですよ。一緒に食べましょう」

「マジっ？　肉か！　めっちゃ久しぶりだ」

喜ぶご主人様を見ると私も嬉しくなりますね。隠していたお皿を取り出します。

「おぉ、肉だ」

「後で豆スープが来たら一緒に食べましょう」

しばらく待っていると、いつもの毒入り豆スープが配られます。これはこれで結構美味しいのですが、やはり毎日同じものだと飽きてしまいます。私達が一口食べたことを確認して給仕が去っていきます。フクちゃんが糸を使い完全にいなくなったことを確認したら、いよいよ持ってきたものを食べる時です。

「まずはこのまま食べましょう。普通はお湯で茹でるなどして、もっと塩抜きをするのですが……」

「せっかくだから一緒に食べよう。ほらフクちゃんも」

（イイノ？）

自分は外で狩りをするからとフクちゃんが遠慮がちに聞いてくると、ご主人様がフクちゃんを撫で自分の膝に乗せます。

「いいに決まってる。なぁ、ファス」

「もちろんです。一緒に食べましょうフクちゃん」

（ワーイ）

水に浸けてある肉を取り出して、皆で口に入れます。

「「……」」

（……）

薄暗い牢屋の中で皆で顔を見合わせます。

「しょっぱいです……」

「喉が痛いっ！」

（オイシクナイ）

「「……プッ」」

肉を口にしたお互いの顔が面白くてお互いを見て噴き出してしまいました。

（ナンデワラウノ？）

フクちゃんの言葉も面白くて我慢できずにさらにクスクスと笑ってしまいます。外に聞こえると不味いので口を押さえないといけませんね。

「いや、これ、凄いな。噛んでも噛んでも塩だ。あっ、でも奥から肉の味もする」

「やっぱり塩抜きできていませんでした。でもちょっとずつ豆スープに入れたらいけそうです。そしてこれがフクちゃんが持ってきてくれた香草です。手で揉み崩して入れてみましょう」

「これ、ローリエっぽいな」

ご主人様が香草の匂いを嗅いでいます。

「御存じなのですか？」

「元の世界で、似たような葉っぱを知ってる。まぁ、使い方はあんまりわからないけど」

香草をいれたスープは香りがグッと立って、豆も美味しくなります。

「煮込んでいないのにすぐに味が変わりました。美味しいです」

「香りはローリエだけど……この味はもっと別のものだな。うん旨い。フクちゃんも食べてみな」

（……ボチボチ）

フクちゃんは塩漬け肉のダメージを引きずっているようです。今度はお肉を少し千切って豆スープに入れて食べてみます。先にご主人様の反応が見たいので、窺ってみましょう。

「モグモグ……あっ、いけるいける。美味しいというより肉であることが大事みたいな」

私も一口食べてみます。いつもの豆スープに塩味が足されて、豆がより甘く感じます。お肉はやっぱりしょっぱいし、乾燥した香草は硬くて食感が悪いです。でも、その奥にある肉の風味は普段と違う味がして、食欲を刺激されます。何よりも、ご主人様とフクちゃんとの食事が楽しいのです。

「美味しいです、本当に」

「……」

ご主人様が私をジッと見ています。いつの間にか昇った月の明かりが私達を優しく照らします。

「どうしたのですかご主人様」

「いや、ファスがあんまりにも美味しそうに食べるからさ」

「はい、誰かと食事をすることがもう一度できるとは思いませんでした。なので、とても……美味しく感じます。しょっぱいですけどね」

ご主人様は、スプーンを置いて目を擦り始めます。……泣いている？

「……うん、そうだな。皆で食べる食事ってのは大事だ。ほらフクちゃんも食べな」

（イヤ、ショッパイ）

拒否をするフクちゃんが面白くて、また二人で笑います。そして、皆で藁のベッドに横になりました。すぐに瞼が重くなります。眠りに落ちる前に微かに声が聞こえました。

「ありがとうファス」

「……こちらこそご主人様」

その囁きが届いたか確認する前に意識が沈んでいきます。明日も貴方と過ごせる喜びを楽しみに。

そんな牢屋での一日でした。

小さな好敵手

私の名前はファス。シンヤ　ヨシイ様の一番奴隷です。アグーの罠に嵌められダンジョンに飛ばされてなんとかセーフティーゾーンに辿り着いた翌日、私はご主人様の『衝撃を浸透させる突き』の練習を手伝いながら、自分の【息吹】を練習している最中です。

そう、『特訓』です。なにせこの【息吹】という炎弾は対象にぶつかると爆発するという性質を持っており、今のままでは危なくてしょうがありません。このままでは芋を焼く火を得る為にいちいち巨大な火球を出す羽目になります。

「あっ、ご主人様、今の動作はとても良かったです。魔力の操作と同時にしっかりと足腰を意識してください」

「わかった」

といった感じに、ご主人様の魔力の操作を確認しながら私も【息吹】の練習です。林に撃って燃え広がると厄介なので少し遠くの地面に向かって撃つようにします。

「……ガァアオオ」

下腹からせり上がる灼熱の感触は喉を通り低い咆哮と同時に火球となって飛び出ます。真っ黒な火球は地面にぶつかると、盛大に爆発しました。うーん、まだ威力が強いですね。魔力の操作と一緒に精神の集中も大事な要素です。いっそ、小分けにするイメージではどうでしょう？

「ガアァオ、ガォ！」

二連続で小さな火球を吐くことができました。良い感じです。やはり、イメージを強く持つことがコツのようです。さらに練習を続け弱い【息吹】の感覚を掴むことが出来ました。

「がぉ」

ポッと小さな火球が出て、空中でポンと弾けました。うん、これなら危なくありません。

「ご主人様、こっちはコントロールができるようになりました」

「マジっ⁉　こっちは全然だ……」

「大丈夫です。牢屋で魔力を使った宴会芸を練習した時のように身体で操作を覚えられるはずです」

「わかった。まずは反復だよな」

そのまま意見を述べながらご主人様の特訓は続いていくのですが、ある時からこちらの声が入らなくなりました。

「……シッ！」

鈍い音がして、木の幹が内部から破壊されていきます。どうやら集中しすぎて私の声が入らないようです。こうなったご主人様は疲れ果てるまで反復練習を繰り返し始めます。ある意味効率よく特訓に没頭しているので邪魔をしない方が良いでしょう。

手持無沙汰になりましたが、ご主人様を見ているだけというのも牢屋で待っていた時よりはずっと心地よい時間です。

（ファス、ミテー）

ご主人様を見守っていると、フクちゃんが糸でわっかを作って見せてきました。

「これは？」

手に取って見ると、ただ糸を丸くしているだけでなく、凡そ人には不可能な細かさで糸を織り込んでいます。最近良く見えるようになった私の視力でようやく見えるほどです。

（ツケテ）
「わかりました」

糸で作られた指輪を右手の人さし指につけます。やや大き目でしたが、指にはめるとフクちゃんが腕を登ってきて軽く締めてくれました。指輪ごっこでしょうか？

（ジッケン）

実験？　首を捻っていると、フクちゃんが林の奥に引っ込みます。

（モシモーシ）

「これは……離れているのに、【念話】が届いています」

（聞こえますかフクちゃん？）

（カンド、リョウコウ）

どうやらフクちゃんは【念話】の無線機を作ることに成功したようです。……離れすぎると聞こえなくなりましたが、レベルが上がればもっと広範囲に【念話】を飛ばせるようですね。これは、ちょっと考えただけでも、色々なことに応用できそうです。

（エッヘン）

「凄いですねフクちゃんは、でも私も負けませんよ」

フクちゃんは私にとって、家族であり、友達であり、ライバルですから。

フクちゃんが隠れている場所を見破り、細かな炎弾を吐いて周囲の枝葉を飛ばして視界を通します。私なりのちょっとした宴会芸ですね。

（ファス、スゴーイ）

「エッヘンです」

余談ですが、フクちゃんの作った【念話】の指輪は効果時間が短く、まだ実用段階ではなかったようです。ボス猿を倒せばきっとレベルアップして使えるようになるでしょう。それから私達は時々、ご主人に秘密で会話をするようになりました。ご主人様をよりよくサポートするために、奴隷として何ができるかを話し合っています。

（……ヒラヒラ）

（それが、従魔としてご主人様から引き継いだ知識の中にあったのですね。フクちゃんの知識は重要です）

（ジュウヨウコウモク、ハダカエプロン）

（それはなんでしょうか？）

（マスター、スキソウ）

（ぜひ、作りましょう！）

奴隷として、一緒にご主人様を支えていきましょうね。

私の冒険

私の名前はファス。シンヤ　ヨシイ様の一番奴隷です。ダンジョンマスターを倒した夜。木の上で星空を見て、再び横になりました。ご主人様は微かにいびきをかかれています。野外だと言うのに警戒心が足りないとも思いますが、周囲にはフクちゃんが糸を張って警戒しているので、安全です。私も昼間の戦闘で疲れていて、眠たかったはずなのですが、先程の星空とそれを見上げるご主人様の横顔がずっと頭の中に浮かんでいて、どうしてか眠れません。

いつからでしょう？　ご主人様を見て、胸がドキドキするようになったのは……。

初めて会った日、迷い子のようだったご主人様。首輪を嵌められ、呪いでまともに動かないこの体を引かれ、無理やり連れて行かれた牢屋の中にいた黒髪、黒目の少年。私の首に手をかけ、泣き叫び、項垂れ、私に初めての役割を与えてくれた人。

「あの時は……ただ、自分にできることはしてあげようと思っていたのです」

微かな呟きは樹々の葉が擦れる音に消されます。あの始まりの出来事を私は死んでも忘れることはないでしょう。

そう……でも、あの時にはこんな感情ではなくて……私もどうすれば良いのかわからなくて、ただ手探りの日々でした。はじめは呪いを解こうとしてくれるご主人様に奴隷として何かできないかと模索していました。でも、ご主人様について知っていくと、印象はどんどん変わっていきます。まるで、自分が傷を負うことを望むように、あの騎士鎧を着こんだ男との修行をこなしていくご主人様は痛々しくて……。お体を冷やしたり按摩をすることしかできないことが歯がゆかった。

『大丈夫、大丈夫だから』

何もできない私が心配そうな顔をすると、そう言って笑うご主人様は私の頭を撫でてくださいます。自分で頭に手を当てるとショリショリと微かに伸びてきた髪の毛の感触がします。いつか、もっと髪が増えたらフクちゃんのような撫で心地のよい頭になるでしょうか？

牢屋での日々でご主人様と話をして、フクちゃんと一緒に身体を洗って、私なりに魔力の感知や操作についても特訓をしました。

実はあれは、修行ばかりに没頭するご主人様に私を見てもらいたくて、本当にどうしようもないことですが、あの男に嫉妬してしまったのかもしれません。でもご主人様と一緒に目標に向かっていく過程はとても幸せで、これからも続けていくことでしょう。

「ご主人様に構ってもらいたかったのでしょうね」

ご主人様の弱い部分を見て、そこから立ち上がろうとする姿を見て惹かれて、牢屋での日々の中で私の気持ちは変化していきました。奴隷としての気持ちに加えて、もっとご主人様の傍に居たいと思うようになりました。

横を見ると、熟睡しているご主人様の横顔があります。手を伸ばしてその頬に触れて涎を指先で拭います。

「貴方が悪いんですよ。こんな私に優しくするから」

警戒心の欠片も無く撫でられるご主人様は可愛いですね。

（ナニシテルノ？）

気配に敏感なフクちゃんが起きてしまったようです。赤い目をクリクリとさせて私の真似をしてご主人様の頬に身体を擦り付け始めます。

「起こしてしまってごめんなさい。今までのことを色々と思い出していました」

（ソッカー、オヤスミ）

フクちゃんはそのままご主人様の横で丸くなり、再び眠り始めました。

そのままご主人様の頭を撫でながら先程の考えに思いを巡らせます。

ご主人様はこんな私の呪いを解くためにいつも苦しんで、それでも心配させないように強がって、そしてついには呪いを解いてしまったのです。最近は私を壊れ物のように大事に扱われていますが、やや不満です。私は奴隷なのですから、それらしく振る舞ってもらいたいものです。

「……悪い人」

フクちゃんの泡で洗っているおかげか柔らかくなっているご主人様の髪を撫でます。

そもそも、男性と話したことのない私に対して、そこまで優しくしてしまってはどうなるか考えるべきです。

認めましょう。私はご主人様が好きです。大好きと言っても良いでしょう。

はじめは与えられた役割に対する使命感でした。でもそれは、牢屋生活で一緒に過ごすうちに、より強い感情へと変化して私の大切な宝物になったのです。それなのに、ご主人様にはいまいち伝わっていない気がします。森から出て、落ち着いたらもっと積極的に気持ちを伝えましょう。ご主人様が私に対して好意的な感情を持っているとは思うので……ここは私からビシっと行くべきですね。フクちゃんも、色々と準備をしているようですし、一緒に頑張ってご主人様にもっと可愛がってもらうのです。ええと、話が脱線してしまいましたね。

牢屋生活でご主人様を好きになって……『ブランカセントロ』で勇者との戦いを見て、私の中で、明確な目標ができました。私はエルフです。魔力の操作が得意な種族のはずです。ですから魔術を使えるようになって一緒の戦場でご主人様を支えたいと、密かに決意しました。

もう二度と観客席から傷つくご主人様を見たくありませんでしたから。

その夢はすぐに叶うことになりましたね。私を苦しめていた竜の呪いは竜の魔法に変化していました。

ダンジョンに飛ばされて、ボス猿に初めて襲われた時、ご主人様は私を庇って足止めをしようとしました。その時に初めての魔法に目覚めたのです。

「あの時は本当に怖かったのですよ」

ご主人様のホッペを軽くつねる。ご主人様は起きないけれど、眉を下げて不快そうにしたので手を離して撫でます。するとまた幸せそうに寝息を立て始めました。

思い出すと胸が苦しくなります。ボス猿がご主人様にとどめをさそうとした場面、焦燥と怒りが自分の中で燃え上がり、黒い炎となって口から飛び出してボス猿を弾き飛ばしました。必死でご主人様と一緒に逃げ出したのです。今まで苦しめられた竜の呪いですが、あの場所でご主人様を助けることができたその一点だけで、感謝したいです。

本当に、自分が死ぬよりも恐ろしかった……一人になる恐怖以上に、ご主人様を失うことが耐えられなかった。

この人は、きっとこれからも無茶をするに決まっている。だから、私も戦わなくてはいけません。強くならないといけません。守られるだけでは失ってしまうから、ご主人様を守れるようになりたいのです。

牢屋で傷ついたご主人様をただ迎えるだけだった時とは違います。私も一緒に戦えるのです。それがどれだけ大事なことかきっとご主人様は理解できないでしょう。どんな危険な場所だろうとも傍にいたいのです。貴方を愛していると今は強く想うから。これが今の私の気持ちであり、決意です。

それにしても、どんどんしたいことが増えていきますね。ご主人様と過ごす日々は知らないことばかりでドキドキして、きっとこれが私の冒険なのでしょう。勇者との戦いの後で傷ついたご主人様を抱きしめて誓ったことを、さらに強く思います。私達はもっともっと強くなります。絶対にやり遂げてみせます。

ご主人様から手を離し、寝る為に姿勢を直します。想いを確認できた今なら落ち着いて眠ることができるでしょう。しっかりと眠る必要があります。

「お休みなさいご主人様」

きっと、明日も大変で楽しい冒険が待っているはずですから。

あとがき

　この本を手に取っていただき、本当にありがとうございます。路地裏の茶屋と申します。初めましての方は初めまして、そうでない方はいつもお世話になっております。

　唐突ですが、私は路地裏が好きです。薄暗く、何があるかわからないその場所に足を踏み入れることは、まるでダンジョンに入っていくようで、その中にひっそりと飲食店なんかあると、そこにはこだわりや物語が眠っていて、宝物を見つけたようなそんな気持ちになれるのです。そんなことから自分の名前に路地裏を入れて活動をしていたのですが、まさかまさかの書籍化です。大通りに出てしまったかのような感覚です。ああ、日の光が眩しい。あとがきを書いている今も、この物語が書籍として世に出るということが信じられません。

だって、この作品を書き始めたのは約七年前なのです。年号が変わっている……。

　今も続いている作品の始まりをこうして一つの形にできたのは、ひとえにこの物語に触れてくれた全ての読者様のおかげであり、このあとがきを読んでくれている貴方様のおかげです。

何度だって感謝を伝えさせてください。ありがとうございます。

　書籍化作業は知らないことばかりでしたが、色んなことが新鮮でとても楽しく取り組めました。何よりも、一オタクとして自分の作品にイラストがつくことが嬉しすぎました。毎晩寝る前に、イラストを見てはベッドでニヤニヤしてしまいます。イラストを担当してくださった東上文先生ありがとうございます。フクちゃんが可愛すぎて悶えました。

そして、何度もやり取りをしてくださった担当編集様、右も左もわからない私に色々教えていただき大変助かりました。加筆場面など自由に書かせていただいて嬉しかったです。「髭のオッサンが好きなんすよ」とか熱く語ってすみません。

本巻の内容に関しては、各キャラクターの加筆がとても楽しくて、真也君の心境の変化とか、ファスの決意とか、フクちゃんの可愛い仕草とか、ギースさんのカッコいい場面とか満足いくまで書き足すことができました。楽しんでいただければ幸いです。本編が真也君の視点なので、その裏でどんなことが起きていたのかを考えるだけで、色んな話が追加されていくのです。書いている最中は頭から熱が出そうなほどに考えているのに、こうして振り返ると楽しい記憶に変換される都合の良い私です。

さて、この作品は『生きる』ことがテーマです。人はなぜ生きねばならないのか、死ぬほど辛いことがあっても、死んだ方が楽だと思っても、どうして生きないといけないのか。

真也君達が冒険の中でその問いの答えを見つけてくれると信じています。もしよろしければ、そんな彼らの冒険をこれからも見守っていただければ、これ以上嬉しいことはありません。

そろそろあとがきも終わりです。また、どこかでお会いしましょう。

それまでどうかお元気で、路地裏の茶屋でした。

第2巻2024年発売!!
君が望むなら、
僕の奴隷《なかま》になる?
1番奴隷は
私ですよ?

コミカライズ
企画進行中!
ボクガ
ニバン!
2人(と1匹)が向かった町で出会った獣人の女の子。
劣悪な環境でこきつかわれる少女を放っておくことなんてできない!?
奴隷に鍛えられる
異世界生活
路地裏の茶屋
ILLUST. 東上文

奴隷に鍛えられる異世界生活

2024年7月1日　第1刷発行

著　者　路地裏の茶屋

発行者　本田武市

発行所　TOブックス
〒150-0002
東京都渋谷区渋谷三丁目1番1号　PMO渋谷Ⅱ　11階
TEL 0120-933-772（営業フリーダイヤル）
FAX 050-3156-0508

印刷・製本　中央精版印刷株式会社

ISBN978-4-86794-212-3